Kruisende zwaarden

Van Maaike Fluitsma verscheen eerder:

Toby en Kat 4-ever
Goud, juwelen en rum

www.uitgeverijholland.nl
www.maaikefluitsma.nl

MAAIKE FLUITSMA

Kruisende zwaarden

Tekeningen van Harmen van Straaten

Uitgeverij Holland - Haarlem

Dit boek kan gekozen worden door de Kinderury 2009

I
Flikkering in de nacht

Ivander schrok wakker van een deur die in de verte kreunend en knarsend werd geopend en vervolgens weer dichtviel. Hij probeerde te ontdekken waar hij was, maar meer dan wat vage contouren om zich heen kon hij niet onderscheiden. Het was nu stil. Zo stil zelfs dat hij automatisch zijn adem inhield terwijl hij eigenlijk helemaal niet van zo'n doodse stilte hield. Daar werd hij juist zenuwachtig van. Dan ging hij hummen of met zijn voet tikken. Maar dit keer voelde het anders. Alsof hij stil moest blijven omdat er anders een soort betovering zou verbreken.

Hij steunde op een arm, kwam voorzichtig overeind en zocht naar een lichtknopje. Op zijn hoofd kriebelde iets. Hij greep ernaar en trok een zwaar fluwelen gordijn opzij. Maanlicht stroomde de kamer binnen.

Tegen een stenen muur was nu een houten bank zichtbaar, evenals een ronde tafel en een grote kast. Met een zucht van opluchting liet hij zich glimlachend terugvallen in het kussen toen hij weer wist waar hij was.

Camelot in Engeland. 1500 Jaar geleden stond hier het belangrijkste kasteel van de legendarische Koning Arthur. Nu was het een hotel. En hij sliep zomaar in een van de kamers.

Het bed aan de andere kant van de kamer was leeg. Zijn vader zat zeker nog beneden aan de bar saaie verhalen te vertellen. Praten was een belangrijk deel van zijn werk. Iedereen die ook maar een beetje luisterde, kreeg iets over vrede, verdraagzaamheid en eenheid te horen. Niet dat het iets hielp. Daarvoor hoefde je alleen maar naar het journaal te kijken.

Ivander keek opzij naar de enorme vuurplaats. Een grote zware ketel hing boven een zwartgeblakerde plek. Zou Koning Arthur vaak in deze kamer zijn geweest? Hij wilde in zijn tijd ook vrede en eenheid. Zou hij hier zijn besprekingen hebben gehouden met de ridders van de ronde tafel die hem daarbij hielpen? Ivander ging rechtop zitten, streek zijn halflange haar naar achter en sloeg zijn armen om zijn opgetrokken knieën. Hij had wel een van die ridders willen zijn met zo'n mooi harnas en een zwaard. Ridders versloegen monsters en trouwden mooie prinsessen. Dat leek hem wel wat. Hij keek naar de tafel rechts van de vuurplaats. Wel een beetje klein om daar met twaalf ridders omheen te zitten. Trouwens, in sommige films over Koning Arthur had hij wel meer dan twaalf ridders van de ronde tafel gezien. Soms wel vijftig of honderd. Hij fronste zijn wenkbrauwen. Dit kon onmogelijk dé ronde tafel zijn. Er konden nauwelijks zes mensen aan zitten. BAH! Flauw van zijn vader om hem zo in de maling te nemen, maar ook ontzettend stom dat hij dat nu pas zelf bedacht. Hij was gisteren natuurlijk veel te opgewonden geweest om op dat soort dingen te letten. Het was tenslotte wel tof dat zijn vader hem had meegenomen nu hij voor zijn werk in Engeland moest zijn. Ivander kroop onder de deken vandaan. Hij was veel te wakker om nog te slapen. Leunend met zijn armen op de brede vensterbank boven zijn bed keek hij door het hoge raam over het meer dat aan de voet van het kasteelhotel lag. Het maanlicht speelde met het zacht deinende oppervlak waardoor het leek alsof het meer gevuld was met kleine diamantjes. De zachte vormen van de omringende glooiende heuvels omarmden en beschermden het water. Heel wat anders dan de dreigende vierkante betonnen flats waar hij thuis op uitkeek.

Een flinke donkere wolk gleed voor de maan langs en verduisterde de omgeving langzaam. Ivander keek op de wekker. Vijf voor twaalf. De hemel was verder bezaaid met sterren dus al te lang zou de verduistering niet duren. Vreemd eigenlijk. Nu hij goed keek, was er op die ene wolk na geen andere te zien. Een paar minuten later piepte er weer een stukje van de maan tevoorschijn en glinsterde het water opnieuw. Op het moment dat de maan vol in zicht was, werd Ivanders aandacht getrokken door iets midden op het meer. Hij kneep zijn ogen samen en gluurde tussen zijn wimpers door. De schittering die hij nu zag, was veel feller dan het maanlicht dat met water speelde. Het leek wel vuurwerk. Alleen had dit vuurwerk de vorm van een verlicht kruis dat ondersteboven uit het water opdook. Vanaf dit kruis werden honderden sterren de lucht ingestuurd. Steeds sneller en feller. Ivander kon zijn ogen er niet vanaf houden. Drie keer draaide het kruis in de rondte. Daarna was er vlak boven het water een rode schittering. Een tel later was alles weg. Hij hield zijn hoofd een stukje opzij en bleef naar de plek in het meer turen. Het wateroppervlak was weer net zo rustig als ervoor. Of toch niet? Hij duwde zijn neus tegen de koude ruit. Zag hij dat goed? Het leek wel of het water in het midden als een golf omhoog gestuwd werd. De ringvormige golf werd wijder en hoger en verspreidde zich over het meer tot hij de oevers raakte. Uiteindelijk brak de metershoge golf aan de rand voor het kasteel en spoelde weg over het grasveld. Daarna was het water weer net zo rustig als ervoor. De wolk was verdwenen. Niets, maar dan ook niets wees meer op het vreemde gebeuren.

Ivander plofte in een halve kleermakerszit op bed en liet een been op de grond glijden. Zijn hiel tikte op de houten vloer. Balen dat zijn vader er nog niet was! Die had hier misschien wel een verklaring voor gehad. Want vreemd was het wel. Water dat zomaar uit zichzelf bewoog. Dat kon toch niet? Ja, tenzij er een monster in het meer zat. Net zoals het monster van Loch Ness. Dat grote prehistorische beest. Die woonde in een meer in Schotland en maakte ook golven zo hoog als huizen. Dus als het daar kon, waarom hier dan niet? Engeland lag niet zo ver van Schotland vandaan. Trouwens… Zijn hiel roffelde op de vloer. Misschien wàs dit het monster van Loch Ness wel en had hij een uitstapje gemaakt. Daarom konden de mensen hem natuurlijk niet vinden als ze echt op onderzoek gingen. Al die meren in Schotland en Engeland stonden onder aarde vast met elkaar in verbinding. Dat was het! Dat niemand daar ooit opgekomen was. En die rode flits was ook heel goed te verklaren. Dat was zijn oog dat oplichtte in het donker. Zo werkte dat toch bij dieren? Net als bij een kat. Dat had hij zelf vaak genoeg gezien. Ivander rilde. Ongeduldig keek hij naar de deur en haalde zijn nerveuze voet binnenboord. Zuchtend kroop hij onder de dekens. Waar bleef zijn vader toch? Hij wilde zo graag vertellen wat hij gezien had. Dan konden ze morgen op onderzoek gaan en een bootje huren. Wie weet konden ze het beest wel vangen. Stel je voor zeg! Hij zag de krantenkoppen al.

MYSTERIE EINDELIJK OPGELOST!
DAPPER NEDERLANDS JONGETJE VANGT MONSTER VAN LOCH NESS EN WORDT TOT RIDDER GESLAGEN!

Hij zag zichzelf al voor op de boeg van een bootje staan in gevecht met een driekoppig monster. Hij hief zijn hand op met een denkbeeldig zwaard erin. Zoef… zoef… zwiepte hij met het zwaard voorlangs. Ai, het monster dook onder water en zonder geraakt te zijn kwam hij aan de andere kant van het bootje weer boven. Zoef… zoef, zwiepte het zwaard opnieuw. Weer dook het monster op tijd weg. Waar was hij gebleven? Ivander keek om zich heen. Zijn ogen gleden over het meer. Niets te zien. Nog geen rimpeltje. Maar hij moest blijven kijken ook al werden zijn oogleden zwaarder en zwaarder van het ingespannen turen. Hij moest ze openhouden. Hij mocht nu niet slapen. Hij moest het monster verslaan. Hij moest… Hij moest… Plof. Zijn arm viel op de deken. Het monster moest nog maar even wachten tot morgen…

'Pap, wakker worden.' Ivander was al aangekleed en schudde aan zijn vaders schouder. Het was acht uur maar zijn vader leek niet van plan om al uit bed te komen.
'Pa-hap!' Ivander duwde hem heen en weer.
'Huh?' mompelde zijn vader onder de deken.
'Ik moet je wat vertellen.'
'Uhu.'
'Er zit een monster in het meer.'
'Uh.'
'Echt waar hoor! Ik heb hem vannacht zelf gezien.'
'Uhu.'
'Ik wil hem gaan vangen.'
'Uh.'
'Met jou.'
'Uh.'
Ivander liet de schouder los. Hij had gehoopt dat zijn vader bij dit nieuws meteen uit bed zou springen maar alles wat hij zei was uh. Alsof hij hem niet geloofde. Ivander dacht even na. Hij hád toch een monster gezien vannacht? Hij liep terug naar zijn bed en keek achter het gordijn. Een rimpelloos meer staarde hem aan. Hoe goed hij ook keek, niets wees op een monster en in het daglicht zag alles er ineens heel anders uit. Had hij het dan gedroomd?
'Ivander,' mompelde zijn vader met slaperige stem.

Ivander keek over zijn schouder.

'Ja?'

'Er bestaat maar één monster. En dat ben jij.' Zijn vader grinnikte, hoewel het meer op het geknor van een varken leek. Daarna draaide hij zich nog eens om in zijn bed.

'Ha, ha, ha,' mompelde Ivander. 'Errug grappig.'

Hij sprong van zijn bed en liep de kamer uit. Misschien moest hij vannacht om twaalf uur nog maar een keer kijken of er iets gebeurde.

Beneden in het hotel was het nog stil. Ivander zocht de ontbijtzaal op en ging aan een tafeltje zitten. Hongerig pakte hij een broodje uit een mandje toen hij achter zich in de keuken een meisjesstem hoorde.

'Ik heb het echt gezien, pap. De witte flitsen kwamen uit het midden van het meer. En daarna kwam een grote golf. Het moet het werk van de Vrouwe van het Meer zijn die het zwaard, de Excalibur, in de lucht houdt. Ze wil iets zeggen. Dat kan niet anders.'

Ivander nam een hap brood. Zie je wel! Hij was niet gek. Er was vannacht echt wel iets gebeurd in het meer.

'Ruby, hoe vaak moet ik je nu nog vertellen dat de Vrouwe van het Meer een legende is. En een legende is een verhaal dat nooit bewezen is èn dus niet waar. Je fantasie slaat weer eens op hol,' antwoordde een man.

'Net als die van jou zeker,' antwoordde Ruby.

'Pardon?' zei de man.

'Jij verzint toch ook dat dit hotel oorspronkelijk het kasteel is van Koning Arthur terwijl je het zelf drie jaar geleden hebt laten bouwen,' zei Ruby pinnig. 'Met je mooie verhalen over de bijzondere ronde tafel in die ene kamer. Tss…'

Ivander verslikte zich. Was dit niet het oorspronkelijke kasteel van Koning Arthur? Was dit echt pas drie jaar oud? Hij hoestte en een stuk brood schoot uit zijn keelgat. Nijdig kauwde hij het weg. Dat was al de tweede keer dat hij in de maling was genomen!

De man grinnikte. 'Dat is om extra toeristen te lokken want zoals je weet, gaat het nog niet zo goed met het hotel. En trouwens, Koning Arthur heeft wel degelijk bestaan en op deze plek gewoond,' antwoordde hij.

Ivander kauwde zonder iets te proeven. Hm… toch nog iets wat waar was.

'Waarom geloof je wel in hem maar niet in de Vrouwe van het Meer die de Excalibur heeft,' vroeg Ruby fel.

'Omdat er geen vrouwen in een meer kunnen wonen. Geen gast die daar intrapt. Dus ik weet niet wat je hebt gezien vannacht, maar het zal wel iets in je dromen zijn geweest, lieve mooie fantast van me.'

De deur van de keuken zwaaide open.

'Kijk eens,' zei de man. 'Daar zit een meisje alleen te eten. Misschien kun je haar gezelschap houden en daarna iets van ons hotel laten zien.'

Ivander keek om zich heen. Hij had helemaal geen meisje gezien. En nog steeds niet. Uit de keuken kwam een lange man. Achter hem liep een meisje met vlammend rood haar tot halverwege haar rug.

'Oh sorry,' zei de man tegen Ivander. 'Vanaf de achterkant dacht ik even dat je een meisje was. Je haar… Zijn stem stierf weg.

'Tsss,' siste Ruby weer. Ze draaide haar ogen omhoog alsof ze de blunder van haar vader niet kon geloven.

'Jij moet Ivander zijn,' ging haar vader verder. 'Je vader heeft me gisteravond al van alles over je verteld. Dat je een echte ridderfan bent. Nou, dan zit je hier goed in het kasteel van Koning Arthur. En slapen jullie ook niet op zijn speciale kamer met dé ronde tafel?'

Ivander hield zijn lippen stijf op elkaar. Alsof hij daar nu nog intrapte.

Ruby haalde haar neus heel hard op en liep bij haar vader vandaan. Ze plofte neer aan het tafeltje bij Ivander.

'Let maar niet op hem,' zei ze. 'Hij fantaseert alles bij elkaar. En dan vindt hij het raar dat zijn dochter het ook doet. Alleen *zij* fantaseert niet.' Ze sloeg haar armen over elkaar en keek bokkig voor zich uit. Haar vader schudde glimlachend zijn hoofd, zette een bak met bestek neer op een tafel en ging terug de keuken in.

'Ik heb het gezien,' fluisterde Ivander.

Ruby keek hem met een schuin oog aan. 'Dé ronde tafel is hier helemaal niet, sufferd,' zei ze ongeduldig. 'Hoe kunnen er nu twaalf ridders aan dat kleine ding zitten.'

'De flitsen op het meer,' zei Ivander. 'En die hoge golf. Ik heb het ook gezien.'

Ruby's mond bleef openstaan zonder dat er geluid uit kwam, maar haar groene ogen schitterden.

'Volgens mij kwam het omdat er een monster in het meer zit,' ging Ivander verder. 'Die rode flits was de weerkaatsing van zijn oog, de witte flitsen waren zijn schubben die glinsterden in het maanlicht en die golf kwam omdat hij onder water dook.'

Ruby schudde haar hoofd. 'Monsters bestaan niet,' zei ze.

'Vrouwen die in een meer wonen ook niet,' antwoordde Ivander.

Ruby's ogen knepen zich samen tot spleetjes toen ze hem nauwkeurig opnam. Ivander nam nog een hap van zijn broodje en stoorde zich niet aan haar.

'Meisje,' zei Ruby na een minuutje

'Fantast,' zei Ivander met volle mond.

Ruby trok haar gezicht in een grijns en stak haar hand uit.

'Ruby,' zei ze. 'Welkom in ons hotel.'

Ivander pakte de hand. Hij zou zich hier vast niet gaan vervelen als zijn vader moest werken.

2
Op onderzoek

'Gaan we nu nog of hoe zit dat?' Ongeduldig duwde Ruby haar lange haar naar achteren. 'Dat is nu al het vierde broodje dat je naar binnen werkt,' mopperde ze.

'Sneller kan ik niet eten,' antwoordde Ivander.

'Dan stop je maar. Of je neemt het mee.' Ze trok Ivander omhoog en sleurde hem achter de tafel vandaan. Nog net op tijd graaide hij het broodje van zijn bord. Hij wilde een hap nemen maar bedacht zich en propte het halve broodje in zijn broekzak. Ruby trok hem mee door een gang naar de receptie in de hal. Achter de balie zat een man.

'Morning, Paul,' zei Ruby in het Engels. 'Mogen we vandaag een bootje meenemen?'

Ivander kon het gesprek redelijk goed volgen maar eigenlijk had hij meer interesse in de twee zwaarden die achter Paul aan de muur hingen. Gaaf zeg! Zou hij vragen of hij er een mee mocht nemen? Want om het met blote handen tegen een monster op te nemen was misschien niet zo'n slim idee.

'Paul vindt het goed dat we een bootje meenemen,' onderbrak Ruby zijn gedachten.

'Ik hoorde het,' zei Ivander.

'Versta jij Engels?' Haar gezicht was een en al verbazing.

'Mijn vader geeft me les. Hij vindt dat je er niet vroeg genoeg mee kunt beginnen. En ik vind het een makkie. Denk je dat ik zo'n zwaard mee kan krijgen?' Hij knikte met zijn hoofd naar de muur.

'Ben je wel goed bij je hoofd!' Ze sleepte hem weg bij de balie. 'Mijn vader ziet me al aankomen. Die dingen zijn onwijs duur.'

'Maar we moeten toch iets meenemen,' zei Ivander.

Ze duwde hem de trap voor het hotel af. 'Je hebt mij toch.'

Ivander rolde met zijn ogen. Een zwaard zat er dus niet in.

'Hoe komt het dat je vader en jij Nederlands spreken?' vroeg hij onder aan de trap.

'Mijn vader is Nederlander en mijn moeder een Ierse. Drie jaar geleden zijn we uit Nederland hier naartoe verhuisd en is mijn vader dit hotel begonnen.' Ze hield haar hoofd schuin. 'Gaan we nu eindelijk wat doen?'

Ivander liep naar de rand van het meer.

'De boten liggen in het boothuis aan de andere kant,' riep Ruby hem na.

'Eerst wat bekijken.' Hij liep door een zompig grasveld. Hier en daar lag zelfs nog een plasje water.

'Het is hier drijfnat,' riep hij.

'Natuurlijk is het nat!' riep Ruby. 'We zitten in Engeland.'

'Maar daar is het droog,' zei Ivander. Hij wees naar de trap.

'Ja, en?'

'Dat van vannacht is dus echt gebeurd. Er was een grote golf.'

'Wist ik al! Heb ik toch gezien.' Ruby draaide zich om en liep naar de zijkant van het hotel.

Ivander stak zijn tong uit tegen haar rug. Voorlopig had hij al iets ontdekt en zij nog niets. Ze verdween om de hoek. Snel sprong hij om de plassen heen en rende achter haar aan.

Aan de zijkant van het hotel lag een groot houten gebouw in het water. Via een loopplank liep Ruby er naartoe en trok een deur open. Het was donker binnen. Ivander zorgde ervoor dat hij vlak achter haar bleef. Ze drukte op een knop en een schemerig lampje sprong aan. Hij rilde. Gezellige plek, maar niet heus. Het tochtte door de kieren en het was er kil. Lange draden spinrag slierden op de wind door de lucht en bij de lamp hadden alle spinnen zich verzameld. Aan de gevangen vliegjes te zien hadden ze eten genoeg voor de hele week. Snel wendde hij zijn ogen af. Hé, roeibootjes!

Hele steigers vol.

'Hier.' Ruby duwde een zwemvest in zijn handen. 'Niet echt stoer maar het moet van mijn vader anders mag ik het meer niet op.'

Ivander trok het stinkende vest aan en liep over een steiger naar de overkant van het boothuis. Daar pakte hij een werphengel uit een rek en keek of er een haakje aan zat.

'We gaan nu niet vissen hoor,' riep Ruby.

Ivander schudde zijn hoofd. 'Dat is om het monster te lokken. Als hij hongerig is, komt hij vast op eten af.' Triomfantelijk zwaaide hij met het stukje brood uit zijn broekzak. Kijk, zoiets slims zouden meisjes nu nooit bedenken.

'Dus jij gaat een monster vangen,' zei Ruby.

Ivander knikte enthousiast. Hij zag de krantenkoppen alweer voor zich.

'Van een paar duizend kilo.'

'Uhu,' mompelde Ivander. Hij voelde dat dit niet helemaal de goede kant op ging.

'Met dàt hengeltje?' Haar vinger leek op die van een heks zo puntig wees ze. Hij bekeek de dunne werphengel en voelde dat hij een kleur kreeg. Oké, het was dan misschien geen zwaard, je kon er wel mee slaan. Zij had tenslotte helemaal niets bij zich. Nijdig liep hij terug.

'Trouwens,' zei Ruby toen ze uitgelachen was. 'Ik heb je al verteld dat er geen monster in het meer zit. Er woont een vrouw en die vang je echt niet met een hengel. Deze vrouw laat zich trouwens helemaal niet vangen. Maar misschien kunnen we haar wel spreken.'

'We zullen zien wie er gelijk heeft,' gromde Ivander.

'Ik natuurlijk,' grijnsde Ruby.

Ivander perste zijn lippen op elkaar.

'Kun je een beetje roeien?' vroeg Ruby. Lenig sprong ze in een houten boot en maakte het touw los van de steiger.

'Ja, natuurlijk.'

Even later worstelde hij met de roeispanen. Waarom moest hij nu zo opscheppen? Hij had nog nooit van zijn leven geroeid maar hij had ook niet verwacht dat het zo moeilijk zou zijn. Zuchtend haalde hij de rechter roeispaan omhoog en liet hem weer vallen. Het water spatte op, de boot draaide rond maar de goede richting gingen ze nog niet uit.

'Ik dacht dat je kon roeien.' Ruby zat met haar armen over elkaar in de punt van de boot en bekeek zijn geploeter.

'Moet alleen even wennen,' gromde Ivander. Hij probeerde beide spanen tegelijk uit het water te halen, naar achteren te trekken en door het water weer naar voren te halen. Boem! De boeg van de boot klapte tegen de steiger.

'Tss… jongens…' zei Ruby. Ze kwam naast hem op het houten bankje zitten en nam een roeispaan van hem over.

'We doen het wel samen,' zei ze. 'Omhoog, naar achteren, naar beneden en trekken.'

Ivander volgde haar bevelen met tegenzin op maar het lukte zowaar. De boot draaide de goede kant op en gleed door het boothuis richting de uitgang het meer op. De lucht was blauw met hier een daar een grote witte wolk die de zon soms even wegnam. Langzaam gleden ze door het groene water. Het enige geluid dat ze hoorden was het gespetter van de roeispanen.

'We moeten naar het midden van het meer,' zei Ruby. 'Daar heb ik het zwaard gezien.'

'En hoe weten we waar het midden is?' Ivander stopte even met roeien. Het was best vermoeiend en zijn handpalmen begonnen te branden. Dat kwam vast omdat hij harder werkte dan Ruby.

Ze wees naar achter. 'Dat rotsblok op de linkeroever geeft de helft van het meer aan. En het hotel ligt ook in het midden. Dus als we deze rechte lijn aanhouden tot we ongeveer ter hoogte van het rotsblok zijn, moeten we goed zitten.'

Ivander pakte de roeispaan weer op. Dat was niet zo ver. Hij tuurde over het water. Nog geen teken van een monster. Toen ze een poosje later het midden naderden, verduisterde een wolk de zon. De schaduw gleed over het water naar het bootje en haalde hen in. Het werd meteen een stuk kouder. Ivander keek om. Waren ze er al?

'Ruby!' Hij stootte haar aan met zijn elleboog en knikte naar achter. Een dikke muur van mist kwam op hen af. Ze stopte met roeien.

'Wat gek. Dat gebeurt wel eens in het moeras of in de heuvels maar op het meer heb ik het nog nooit meegemaakt,' antwoordde ze.

'Vervelend. Dan kunnen we ook niet goed zien of we in het midden zitten.'

Ze trok de roeispaan binnenboord toen de mist hen omsingelde. Ivander haalde zijn roeispaan ook binnen. Voorzichtig schoof hij een stukje naar het midden van het bankje en kwam stijf tegen Ruby aan te zitten.

'Je bent toch niet bang?' vroeg Ruby.

'Nee hoor,' mompelde Ivander. Hij omklemde de rand van de boot stevig. De mist was zo dik dat hij alleen Ruby en het bootje zag. Wat als dat monster nu ineens opdook en hen in één hap met bootje en al verslond? Hij rilde en duwde zijn haar dat in vochtige slierten langs zijn gezicht viel achter zijn oren. Misschien was het toch niet zo'n goed plan geweest om samen het meer op te gaan. Zijn voet begon op de bodem van het bootje te tikken.

'Ssst,' siste Ruby.

Ivander stopte meteen en durfde niet eens meer te ademen. Wat nu weer! Hij had hier helemaal geen zin meer in. Hij hield zijn hoofd stil maar zijn ogen schoten alle kanten op. Hij zag niets.

'Hoor je dat?' fluisterde Ruby.

'Wat?'

'Luister.'

Ivander spitste zijn oren. Hij hoorde niks. Of... Ja, nu hoorde hij ook wat.

'Ru-hu...' galmde het door de mist. Er kwam nog wat achteraan maar dat was nauwelijks te horen. Hè, dit was helemaal niet meer leuk. Dit was eng. Hij graaide naar de roeispaan op de bodem van de boot. Ze moesten hier weg. En snel ook.

'Ru-hu-by…' klonk het opnieuw.

'Mijn naam,' zei Ruby. 'Hoor je dat! Ik word geroepen.' Ze sprong overeind in de boot en zwaaide. 'Hier ben ik.'

'Idioot!' snauwde Ivander. 'Je weet helemaal niet wat of wie het is.' Hij trok haar terug op het bankje.

'De Vrouwe van het Meer,' zei Ruby. 'Dat is toch duidelijk.' Ze probeerde zich uit de greep van Ivander los te trekken. 'Ze roept me.'

'Ru-hu-by… lak-se.' De mist droeg het geluid in harde en zachte golven naar hen toe.

'Wacht nou even,' zei hij. 'Het is niet jouw naam. Er komt nog wat achteraan.'

Ze stopte met trekken.

'Ru-by-lak-se…'

'Het is mijn naam,' zei Ruby. 'Ik weet het zeker.' Ze ging opnieuw staan en zwaaide met haar armen. 'Hier ben ik, Vrouwe van het Meer.'

Ivander pakte zijn roeispaan van de bodem en stak hem in de houder. Daarna pakte hij de roeispaan van Ruby en prikte hem er aan de andere kant in. Ze moesten hier weg wezen. En snel ook. De spanen plonsden in het water maar voor hij een slag kon maken verscheen er midden in de mist een lichte plek. Het was zo mooi en zo helder dat hij vergat te roeien. Vlak voor hen opende zich een cirkel met een doorsnede van ongeveer dertig meter. Deze cirkel schoof net zolang door tot zij met het bootje in het midden lagen. De blauwe lucht was weer zichtbaar en de zon schitterde en verwarmde hen. Het rode haar van Ruby vlamde op toen ze naast Ivander op het bankje viel. Ze greep zijn arm en bewoog haar mond maar er kwam geen geluid uit.

'Is dit echt?' fluisterde Ivander.

Ruby kneep hem hard. Au! Ja, dat was echt. Met moeite hield hij zijn voet stil. Ruby bleef hem maar knijpen en haar ogen flitsten opgewonden heen en weer. Een klein rimpeltje in het gladde wateroppervlak trok hun aandacht. Ze tuurden ingespannen toen er uit het water ineens een zwaard omhoog schoot. Een hand aan een arm, gehuld in een wit zijden mouw met gouden weefsels, hield het stevig vast.

Ivander opende zijn mond om te gillen. Er kwam geen geluid uit. Dit kon gewoon niet waar zijn! Het zwaard schitterde en glom in het zonlicht en schoot duizenden sterren de lucht in.

'De Ex-ca-li-bur,' stamelde Ruby. 'Hij bestaat echt.'

Drie keer draaide het zwaard rond. Daarna zakte de arm met het zwaard terug in het water en voor ze het wisten werden ze opnieuw door de mist opgeslokt. Die wervelde nog wat om hen heen, trok korte tijd daarna op en verdween. De zon scheen alsof hij nooit was weggeweest.

Ivander knipperde met zijn ogen. Zijn mond was kurkdroog. Was dit een droom? Werd hij gek?

'W… w… wat heb jij gezien?' vroeg hij voorzichtig aan Ruby.

'De Vrouwe van het Meer met in haar hand de Excalibur,' jubelde Ruby. Ze greep hem bij zijn schouders en schudde hem heen en weer. 'Ik wist wel dat het waar was. Kom! We moeten erheen.' Ze duwde Ivander van zijn plek en pakte de roeispanen vast.

'Ik weet niet hoor…' zei Ivander. Hij pakte een roeispaan terug. 'Straks komt die arm weer boven water en dan…'

'We moeten het zwaard hebben.' Ruby trok de roeispaan uit zijn hand en begon als een gek te roeien naar de plek waar ze de arm voor het laatst hadden gezien. 'Dit is het bewijs dat Koning Arthur echt heeft bestaan. En de Vrouwe van het Meer ook.'

'Wij hebben het toch gezien,' zei Ivander. 'Dat is genoeg.' Hij vond het echt niks om naar die hand terug te gaan.

'Niet voor mijn vader. Dat heb je zelf gehoord,' zei Ruby. De spanen plonsden in het meer. Water spatte over Ivander.

'Nee, ik wil niet!' zei hij ineens resoluut. Straks was het toch een monster die de gedaante van een mens kon aannemen. Als zij weer in de buurt kwamen, trok hij hen vast met boot en al naar de duistere diepten om hen eens rustig op te peuzelen. Hij greep een roeispaan vast zodat Ruby niet verder kon roeien.

'Stoppen!'

'Laat los.' Ruby duwde hem met haar voet weg en keek hem boos aan. Ivander viel achterover.

'Sorry, maar ik moet het zwaard hebben,' riep ze. 'Denk eens aan de mensen die er opaf komen. Het hotel zal elke dag volgeboekt zijn en dan is mijn vader uit de zorgen.'

'Maar het is te gevaarlijk,' riep Ivander. Hij greep de roeispaan opnieuw vast.

'Denk nu even na!' schreeuwde Ruby. 'Als dit wezen ons kwaad wil doen, was dat allang gebeurd.' Ze keek hem zo woest aan dat hij even niet meer wist wat enger was.

Wat ze zei, was wel waar. Ze hadden allang gepakt kunnen worden toen ze in de mist zaten. Hij liet de roeispaan los.

'Kijk, daar drijft iets,' riep Ruby.

Hij draaide zich om en zag ongeveer vijftien meter voor zich iets langwerpigs in het water liggen dat steeds onder water verdween en dan weer naar boven kwam. Het zag ernaar uit of het binnen niet al te lange tijd zou zinken. Voor de rest was er niks vreemds te zien. Het meer was rimpelloos. Niets wees op de aanwezigheid van een monster of een vrouw.

'Het zwaard,' zei Ruby. Ze haalde de roeispanen uit het water. 'Opschieten! Anders is het weg.'

Ivander kroop naar de voorkant van de boot en pakte de werphengel. Met roeien waren ze nooit op tijd. En zo konden ze ook wat afstand bewaren voor als het toch iets was wat hij helemaal niet wilde hebben. Die hengel kon zo overboord. Hij klapte de beugel van het molentje open, zette zijn vinger op het visdraad en haalde de hengel naar achteren. Als een volleerde visser wierp hij de hengel naar voren en liet precies op tijd de draad van de molen los. Het haakje vloog door de lucht en plonsde een stuk achter het voorwerp

in het water. Snel draaide Ivander aan het molentje. Het haakje sprong over het wateroppervlak en pikte zich vast in het voorwerp. Nu kon hij voorzichtig de lijn binnenhalen. Nee hè! Het haakje glipte los en gleed langs het voorwerp naar de zijkant. Nog een paar centimeter, en hij zou los zijn. Het voorwerp waaraan het vastgeklonken zat, zonk weer een stukje.

'Roei naar rechts,' riep Ivander. 'Vlug!'

Ruby deed wat hij zei. Het haakje gleed terug en klampte zich wat verder opnieuw vast. De visdraad spande zich en het voorwerp kwam iets omhoog. Er kwam weerstand bij het molentje. Voorzichtig haalde Ivander de lijn binnen.

'Het is een oud stuk hout,' riep hij toen het vlak bij de boot was. Daarna begon hij zenuwachtig te lachen. 'Tjonge, jonge, we hebben een stuk hout gevangen. Dat zal veel toeristen trekken!'

'Houd je kop,' zei Ruby. Ze keek teleurgesteld naar hun vangst.

Ivander wendde zijn gezicht af toen hij tranen in haar ogen zag glinsteren. Vlug draaide hij aan het molentje en stopte zijn stompzinnige gelach.

'Sorry,' mompelde hij. 'Jij kunt er ook niets aan doen.' Het stuk hout sneed door het water en botste tegen het bootje. Ruby boog voorover en wilde het uit het water trekken.

'Help eens,' vroeg ze. 'Het is te zwaar.'

Ivander legde de hengel neer en kwam naast haar zitten. Samen tilden ze het stuk hout eruit. Pas toen het bij de rand van de boot was, zagen ze dat er aan de onderkant iets langs instak. Snel trokken ze het aan boord en lieten het ondersteboven neervallen.

Ivander knipperde een paar keer met zijn ogen en keek daarna naar Ruby.

Ruby staarde met ogen zo groot als schoteltjes naar het voorwerp in het stuk hout. Het rode haar danste om haar gezicht toen ze haar hoofd schudde.

'Wat denk je,' vroeg ze. 'Is dit hetzelfde zwaard?'

3
Het zwaard

Op de kamer van Ruby braken ze het vermolmde stuk hout voorzichtig open en haalden het zwaard eruit. Het was zo oud, beschadigd en verroest dat Ivander het nauwelijks durfde aan te raken. Stel je voor dat het uit elkaar viel. Als dit inderdaad het beroemde zwaard de Excalibur van Koning Arthur was, dan zouden er heel veel mensen een grondig onderzoek naar willen doen. Alle legendes over hem zouden ineens toch waarheid worden. En dan hoorde dit zwaard als pronkstuk in een museum te staan. Nee, daar kon hij maar beter niets aan verprutsen. Toch was er iets vreemds. Hoe kon het dat zij een glimmend zwaard hadden gezien maar een verroest zwaard vonden. Hadden die twee iets met elkaar te maken? Was dit dezelfde?

'Moeten we het aan de politie melden?' vroeg hij.

'Ben je helemaal gek!' riep Ruby.

'Hoezo? Het is toch niet van ons.'

'Echt wel,' riep Ruby fel. 'Wij hebben het gevonden.'

'Maar als dit de Excalibur is…'

'Wie gelooft nu dat dit verroeste ding de Excalibur is,' zei Ruby. 'Wij zijn de enige twee die de hand die hem vasthield hebben gezien.'

Ivander dacht even na. 'Dat wel, maar ook dat is raar. Hoe kan het dat wij een glimmend zwaard zien, maar een verroest zwaard vinden? Is het wel dezelfde?'

'Ja, hoor eens… Als ik alles wist, hoefden we het ook niet uit te zoeken,' zei Ruby. 'Maar ik denk niet dat we het al aan iemand moeten vertellen. Ze geloven ons verhaal toch niet en zullen het zwaard eerder afnemen omdat ze al die verroeste scherpe randen te gevaarlijk vinden. Toch weet ik zeker dat wij dit moeten uitzoeken anders had de Vrouwe van het Meer nooit mijn naam geroepen.'

'Wat heeft zij eigenlijk met Koning Arthur te maken?' vroeg Ivander. 'En hoe komt ze aan zijn zwaard?'

'Ik dacht dat jij alles van hem wist?'

'Dat is ook zo,' zei Ivander. 'Ik heb veel films over hem gezien. Maar haar ben ik nooit tegengekomen.' Hij vertelde maar niet dat hij die vrouwen eigenlijk helemaal niet interessant vond en alleen maar keek voor de riddergevechten.

'Tss... films. Dat is toch niet echt,' zei Ruby.

'Vertel nou maar, of weet je het zelf soms ook niet?'

'Natuurlijk wel! Op een dag kwam Koning Arthur samen met de magiër Merlijn langs dit meer. In het midden zagen ze een arm gekleed in wit brokaat uit het water steken die een zwaard in de hand hield.'

'Net zoals wij vandaag hebben gezien,' riep Ivander.

'Precies! Snap je nu waarom het zo bijzonder is?'

Hij knikte en hield zijn lippen op elkaar zodat ze verder kon vertellen.

'De arm was van de Vrouwe van het Meer. Zij was een tovenares in de leer bij Merlijn en woonde in een magisch rijk onder een rots in dit betoverde meer. Ze zei tegen Koning Arthur dat hij naar haar toe moest roeien en de Excalibur met de schede uit haar hand moest pakken. De schede, zei ze, was nog belangrijker dan het zwaard want met het dragen ervan zou hij nooit een druppel bloed verliezen, hoe zwaar gewond hij ook zou zijn. Koning Arthur deed wat ze vroeg en met het zwaard won hij geweldige gevechten. Maar toen stal iemand de schede van Koning Arthur en raakte hij tijdens een veldslag ernstig gewond. Hij verloor veel bloed. Hij wist dat hij het misschien niet zou overleven en beval een van zijn ridders, Heer Bedivere, het zwaard terug te brengen naar de Vrouwe van het Meer. Koning Arthur werd meer dood dan levend in een sloep naar het eiland Avalon gebracht om zijn diepe wonden te laten genezen.

Of dat gelukt is weet niemand want sindsdien is er nooit meer iets van hem vernomen.'

Ivander had warme wangen van het verhaal gekregen. Wow! Zij hadden zojuist dezelfde arm gezien als Koning Arthur en Merlijn 1500 jaar geleden. Dat was toch niet te geloven! Maar waarom kwam die arm na al die eeuwen ineens boven om het zwaard te laten zien? En waarom vonden zij kort daarna zo'n oud verroest ding? En die schede? Waar was die eigenlijk gebleven nadat hij gestolen was? Hij kroop nog eens om het zwaard op de grond en bekeek het goed. Was het nu hetzelfde zwaard of niet? Voorzichtig krabbelde hij wat roest weg. Er kwam geen blinkend stuk staal tevoorschijn.

'De kling, de pareerstang, het gevest en de knop… Een en al roest,' zei hij.

Ruby trok een wenkbrauw op. 'Praat eens normaal.'

Ivander kon een triomfantelijke grijns met moeite onderdrukken. Eindelijk wist zij iets niet.

'Weet je niet wat het is?' vroeg hij zo verbaasd mogelijk.

'Hmm…' gromde Ruby.

'Het lange stuk waarmee ze hakken, snijden en slaan heet de kling,' begon Ivander. Ook al wilde ze het misschien niet weten, hij ging het toch vertellen.

'Daarboven zit de pareerstang. Dat is dat brede stuk,' wees hij aan. 'Je kunt er andere zwaarden mee afweren en het beschermt je handen. En dat korte stukje tussen de knop en de pareerstang heet het gevest. Daar houd je het zwaard vast.'

Voorzichtig gleed zijn hand eromheen. Hij moest het gewoon even vasthouden. Een tinteling trok door zijn vingers toen hij het zwaard omklemde. Alsof er stroom op stond. Geschrokken liet hij het los. Stel je voor dat het als een hoopje zand in zijn hand uit elkaar zou vallen.

'En die knop aan het eind is ervoor dat je hand niet van het zwaard glijdt,' ging hij vlug verder met zijn verhaal.

'Fijn dat we het weten,' zei Ruby. 'En wat gaan we nu doen?'
Ivander pakte de lamp van Ruby's bureau en klikte hem aan. In het felle licht bekeek hij de kling opnieuw. Halverwege zat er een verdikking alsof het zwaard ooit gebroken was geweest. Hé! Wat was dat? Hij moest wel heel goed kijken, maar zaten er nu donkere horizontale en verticale streepjes bij elkaar op de plek waar hij zojuist wat roest had weggehaald? Het leek wel een soort barcode zoals je ook op alle artikelen in de winkel hebt. Hij kantelde het zwaard naar het licht.
'Zie jij hier iets?' vroeg hij aan Ruby.
Ze boog zich voorover. 'Nee.'
'Maar…' Hij stopte. Hoe goed hij ook keek, er was geen een streepje meer. Wilde hij zo graag iets zien wat er helemaal niet was om een aanknopingspunt te hebben voor hun onderzoek? Zuchtend kwam hij overeind.
'Wat gaan we nu doe-hoe-oen?' vroeg Ruby voor de tweede keer.
'Ehm… Uitzoeken wat de Vrouwe van het Meer wil? Waarom ze het glimmende zwaard liet zien en waarom wij deze vinden?'
'Hoe?' vroeg Ruby. 'Praten deed ze niet. Het enige wat ze riep was mijn naam. Dus daar schieten we niks mee op.'

'Niet alleen jouw naam. Ze riep nog wat anders. Zoiets als lakse. Zegt dat je iets?'

Ruby schudde haar hoofd.

'Heb je een computer?' vroeg Ivander.

'Wat heeft dat er nu weer mee te maken?'

'Misschien vinden we iets over dat woord. Het moet een boodschap zijn. Anders had ze alleen jouw naam kunnen roepen.'

Ruby gaf hem een vriendelijke stomp tegen zijn schouder.

'Goed idee van je,' zei ze. 'Kom maar mee.'

Op de werkkamer van haar vader zette ze de computer aan en toetste *lakse* in. Er kwam geen enkele hit. Op welke manier ze het ook schreef. Met een k en s, een c en s of een x het maakte niet uit. Het woord was onbekend.

'Tik Excalibur eens in,' vroeg Ivander. De computer zocht en gaf daarna een heleboel hits met informatie over Koning Arthurs zwaard. Maar geen enkele leverde iets bijzonders voor hen op. Ruby scrolde verder.

'Stop!' riep Ivander. 'Klik dit eens aan.' Zijn oog viel op een artikel met de kop: DE ENIGE ECHTE EXCALIBUR.

Ruby klikte het aan en er verscheen een plaatje van een oud landhuis. De eigenaar ervan zei dat hij de enige echte Excalibur in zijn bezit had. Er stond zelfs een foto op de site. De man droeg een lange bloedrode mantel tot op de grond. Deze was aan de randen afgezet met wit bont met zwarte stippen. Op zijn lange golvende grijze haar stond een kroon en om zijn middel hing een groot zwaard. Trots wees hij naar een zwaard achter hem aan de muur.

'Een gek,' zei Ruby. 'Dat is duidelijk.'

'Zou kunnen,' zei Ivander. 'Is het hier ver vandaan?'

'Geloof jij hem?' vroeg ze.

'Zou hij òns geloven?' antwoordde Ivander.

Ruby grijnsde en keek naar het scherm. 'Het is hier niet ver vandaan.'

'Ik wil wel eens weten waarom hij denkt dat hij de Excalibur heeft, terwijl wij denken dat wij hem hebben,' zei Ivander.

Diezelfde middag nog zaten ze in de trein naar Glastonbury. Ze hadden even door moeten zeuren om er alleen naartoe te mogen maar na overleg met Ivanders vader had Ruby's vader gebeld met de eigenaar van het landhuis. Die had het prima gevonden om de kinderen die middag voor vijf pond per persoon door zijn museumhuis rond te leiden.

Ivander keek door het raam. Het landschap gleed aan hen voorbij. Zacht glooiende heuvels waren afgezet met stenen muurtjes en in de groene velden erachter graasden schapen. Vlak voor het station in Glastonbury reden ze langs een groot landhuis met torentjes op de hoeken.

'Dat is het,' riep Ruby. Ze drukte haar neus tegen de ruit. 'Dat zagen we op internet.' De trein minderde vaart en even later stapten ze uit. Via een slingerend landweggetje achter het station liepen ze een stuk terug en kwamen na een minuut of tien bij het huis. Voor het huis stond een ouderwetse lichtblauwe auto geparkeerd.

Ze liepen de stenen trap op naar een grote houten deur. *Lord Waldon, kunst- en antiekhandelaar* stond er op een goudkleurig bordje aan de muur.

Ivander pakte de ijzeren ring die aan de leeuwenkop vastzat en klopte een paar keer tegen het hout. Na een halve minuut zwaaide de deur open en stond de eigenaar gekleed in een harnas voor hen. 'Welkom in de riddertijd,' galmde zijn zware stem door de hal. Met een been stapte hij naar achter, boog sierlijk en hield de deur uitnodigend open.

Ivander wist zo snel niets te zeggen en boog onhandig terug. Zou die man alle bezoekers zo ontvangen?

Ruby giechelde en stapte naar binnen.

'Zo hé, gaaf zeg!' riep ze toen ze in de hal stond.

Ivander liep achter haar aan. Links en rechts was een opgang van een brede wit marmeren trap waarvan de einden elkaar boven ontmoetten. Aan de hoge muren hingen grote schilderijen met zwaardvechtende ridders en onder aan de trappen stonden twee harnassen als wachters. Het leek alsof er iemand in zat en dat ze elk moment konden bewegen. Ivander kon zijn ogen er haast niet vanaf houden. Had hij maar in die tijd geleefd. Jaloers keek hij naar de eigenaar. Kon hij vragen om ook eens een harnas te mogen passen? Of misschien zelf een zwaard vast te houden?

'Bent u Lord Waldon?' vroeg Ruby.

'Op dit moment ben ik Heer Bedivere.' De man klopte op zijn metalen harnas.

'Net zoals de vriend van Koning Arthur,' riep Ruby. 'Degene die de Excalibur terug moest brengen naar de Vrouwe van het Meer.'

'Precies! Dat ben ik,' riep de man.

'Dan ziet u er nog goed uit voor uw leeftijd,' mompelde Ivander.

Heer Bedivere grinnikte. 'Ik ben natuurlijk niet de echte maar ik ben wel een afstammeling. En daardoor ben ik ook in het bezit van de enige en echte Excalibur. Want ik begrijp dat jullie daarvoor zijn gekomen?'

Ivander en Ruby knikten tegelijk.

'Ik dacht dat Heer Bedivere het zwaard had teruggebracht naar de Vrouwe van het Meer toen Koning Arthur dat vroeg,' zei Ruby. Ze zette haar handen in haar zij. 'Hoe kan het dan dat u het heeft?'

'Hij heeft wel een zwaard teruggebracht,' zei Heer Bedivere op samenzweerderige toon. 'Maar niet de Excalibur.' Hij kloste als een houten klaas voor hen de trap op.

'Kom maar mee. Dan zien jullie het zelf.'

De houten vloer op de eerste verdieping kraakte toen ze een zaal vol zwaarden binnenliepen. Aan de achterzijde was een schouw met daarboven een enorme spiegel. In het midden van de kamer bleef Heer Bedivere staan. Hij wees naar een blinkend zwaard aan de rechtermuur.

'Ziehier, de Excalibur.'

Ivander en Ruby keken naar het grote glimmende zwaard. Een kobaltblauwe doek was als een lijst om het zwaard heen gedrapeerd. Eronder hing een bordje met gouden letters *De Excalibur*.

'Wow,' zei Ruby.

'Hij is wel mooi,' zei Ivander. 'Maar volgens ons is dit de Excalibur niet.'

'Niet?' vroeg Heer Bedivere.

Ivander en Ruby schudden hun hoofd.

'Waarom denken jullie dat?' Hij trok zijn wenkbrauwen op.

'Omdat wij hem hebben,' zei Ruby.

'Toe maar!' Heer Bedivere glimlachte. 'En hoe komen jullie er aan?'

'We hebben hem gekregen van de Vrouwe van het Meer,' antwoordde Ruby.

Heer Bedivere lachte overdreven hard. 'Tja, je vader vertelde al dat je gedroomd hebt dat je haar de afgelopen nacht hebt gezien,' zei hij. 'En de Excalibur heeft ze onder je kussen gelegd?'

Ivander zag dat Ruby rood aan begon te lopen. Zelf raakte hij ook wat geïrriteerd. Die vent deed net of ze kleuters waren die nog in de tandenfee geloofden.

'Nee, die hebben we vanmorgen op het meer van haar gekregen,' zei Ruby.

'Natuurlijk,' zei Heer Bedivere op een toon die het tegenovergestelde bedoelde. 'Ik weet niet wat jullie gevonden hebben maar het is zeker geen Excalibur. Zoals ik al zei, die is nooit naar haar terug gegaan. Dit is de enige echte. Al jaren in bezit van mijn familie. Hier komen de mensen opaf. Hier ben ik rijk van geworden.'

Hij klopte met zijn knokkels tegen de muur waar het zwaard hing. 'En dat blijft zo.'

'Iedereen kan zeggen dat hij de Excalibur heeft,' zei Ivander. 'Dus waarom geloven ze u?'

'Omdat ik de officiële papieren heb waarop het staat.'

'Die u zelf natuurlijk zelf vervalst heeft,' riep Ruby. Ze sloeg haar hand voor haar mond toen het eruit flapte.

De temperatuur leek ineens met tien graden te zakken en het bleef even doodstil.

'Zo!' Heer Bedivere streek over zijn baard. 'Je bent nog geen vijf minuten binnen en je beschuldigt me nu al van boevenstreken. Jij durft, jongedame.'

'Maar de Excalibur moet toch ook een rode edelsteen hebben,' zei Ivander snel. 'En die zie ik hier niet.'

'Een rode edelsteen?' vroeg Ruby. Ze draaide zich naar hem toe.

Ivander voelde zijn wangen kleuren en dat werd nog erger toen Heer Bedivere hem argwanend aankeek.

'Nou, eh...' Ivander kreeg het bloedheet onder Heer Bediveres strenge blik. 'Ik heb de afgelopen nacht hetzelfde als Ruby gezien. De Vrouwe van het Meer die het zwaard omhoog hield. Maar er was ook een rode flits. Dat moet een edelsteen zijn geweest die schitterde in het maanlicht.'

Heer Bedivere fronste zijn wenkbrauwen.

'Op het schilderij beneden bij de trap zag ik namelijk ook zwaarden met edelstenen,' verduidelijkte Ivander.

'Koningen hadden die vroeger inderdaad,' zei Heer Bedivere. 'En jullie zwaard heeft een rode edelsteen?' vroeg hij.

Het bleef even stil toen Ruby en Ivander allebei tegelijk naar de neuzen van hun schoenen staarden.

'Niet echt,' mompelde Ivander. 'Eigenlijk is het niet veel meer dan een hoop roest.'

'Dan zijn we meteen klaar met de vraag wie de Excalibur heeft,' antwoordde Heer Bedivere. 'Ik dus!' Hij wierp een is-dat-duidelijk-blik op Ruby en liep naar de deur. Halverwege draaide hij zich om.

'Hebben jullie dat stuk roest toevallig meegenomen?' vroeg hij.

Ivander schudde zijn hoofd.

'Jammer,' zei Heer Bedivere. 'Ik knap namelijk oude zwaarden op zodat ze toch nog wat waard worden. Tenminste, dat geldt alleen als de juiste vindplaats bekend is. Hij deed opnieuw een paar stappen en draaide zich weer om. 'Luister... Ik ben bereid om voor jullie zwaard te betalen maar dan moet je wel met een beter verhaal komen dan dat de Vrouwe van het Meer hem midden op het water aan jullie gegeven heeft.'

'Maar dat is de waarheid!' riep Ruby.

'Ach kom! Dat gelooft toch niemand,' zei Heer Bedivere.

'Waarom niet?' zei Ruby. Ze zette haar handen in haar zij. Boos keek ze hem aan. 'Er zijn ook genoeg mensen die denken dat dit de Excalibur is terwijl wij allemaal weten dat het niet zo is.'

De man negeerde Ruby's opmerking.

'Denk nog maar eens goed over mijn voorstel na,' zei hij. 'Want als je een oud zwaard vindt, moet je dat eigenlijk bij de overheidsinstanties melden, bijvoorbeeld de politie. Want die oude spullen behoren aan de staat toe. Dat weten jullie?'

Ivander keek naar Ruby. Hij had geen flauw idee hoe dat hier werkte en ook zij schudde haar hoofd.

'Dat dacht ik al,' zei de man. 'Maar de politie geeft je er geen cent voor. Daarom is het voor iedereen beter dat je hem hierheen brengt.' Zijn mond glimlachte maar zijn ogen deden niet mee. 'Anders voel ik mij verplicht om te melden dat jullie staatseigendommen achterhouden.'

Ivander keek Heer Bedivere geschrokken aan.

'Ik meen het!' zei Heer Bedivere. Hij liep naar de deur. 'Ik ga me nu omkleden. Dit kostuum begint me wat te zwaar en te benauwd te worden. Als jullie een momentje hebben dan zal ik jullie straks als Lord Waldon nog even verder door het huis leiden. Jullie hebben tenslotte niet voor niets betaald en ik zou niet graag voor boef versleten worden.'

4
De ontdekking

'Nou ja, zeg!' Ruby ontplofte zowat. 'Hij wil ons zwaard gewoon hebben, want dan kan hij ermee pronken.'

'Wat moeten we nu?' vroeg Ivander.

'Niks,' zei Ruby. 'Hij kan toch niet bewijzen dat we er een hebben.'

'Maar wat als hij het aan de politie vertelt en die komt naar het hotel,' vroeg Ivander.

Ruby haalde haar schouders op. 'Dan doen we net of we van niets weten.'

'Maar...'

'Hij krijgt hem niet!' zei Ruby. 'Het is óns zwaard. Wij hebben hem gekregen en hij heeft er al genoeg. Moet je zien.' Ze wees naar de muren.

Ivander liep naar de andere kant van de zaal. Ze had gelijk. De hele zaal hing vol. Ze glommen allemaal even mooi en zagen er eigenlijk allemaal hetzelfde uit. Hij kon niet zien waarom precies die ene nu zo speciaal was en volgens Lord Waldon de Excalibur moest zijn. Trouwens, zou een zwaard dat meer dan 1500 jaar oud was nog zo glimmen? Of zou die verroest zijn, zoals hun zwaard.

Hij liep verder door de zaal tot hij achter een standaard stond met daarop een halfopen harnas en een ijzeren helm met klep. Gaaf zeg! Zou hij durven? Hij keek over zijn schouder. De eigenaar was nog niet terug dus als hij vlug was... Alleen maar even voelen hoe het is om zoiets aan te hebben.

Hij pakte een voetenbankje dat tegen de zijkant van de muur stond en zette het achter de standaard. Snel klom hij erop en schoof zijn hoofd in de helm. Oef! Beetje donker. Voorzichtig opende hij het vizier. Zo, dat was beter. Nu kreeg hij weer frisse lucht. Hij probeerde zijn armen in het harnas wurmen. De standaard wankelde toen hij zijn linkerarm op de gok ergens in stak. In de spiegel boven de haard zag hij dat hij het goed had gedaan. Nu zijn andere arm nog. Toen beide armen erin zaten bekeek hij zichzelf eens goed. Eindelijk voelde hij zich een echte ridder. Dit was cool! Zijn ogen zochten Ruby in de spiegel.

'Ruby…'

Ze stond bij het grote zwaard naast het naambordje. Hè? Het harnas rammelde even toen hij zijn arm geschrokken naar achteren trok. Wat stond daar nu? Hij keek nog een keer goed naar het naambordje van de Excalibur in de spiegel.

'Riep je me?' vroeg Ruby.

'Niet-te-ge-lo-ven,' stamelde hij.

Ruby draaide zich om. 'Wat?'

'Ru-bi-lac-xe…' fluisterde hij. 'Kijk!' Hij tilde zijn arm op om naar de spiegel te wijzen maar vergat dat hij vastzat. Zijn arm bleef waar hij was maar zijn voet gleed van het bankje en een tel later kletterde hij met standaard, helm en harnas op de grond.

'Wat doe jij nou!' riep Ruby.

'Dat zou ik ook wel eens willen weten,' riep Lord Waldon. Met grote stappen stampte hij over de houten vloer naar Ivander.

'Ik…' klonk het gesmoord uit de helm. Ivander zag niks en kreeg het heel benauwd. Die helm moest af. Hij ging stikken. Wild sloeg hij met zijn armen om zich heen. Metaal kletterde op ander metaal. Oohhhh! Waarom zat hij nu weer aan spullen waar hij niet aan mocht komen!

Lord Waldon trok mopperend de standaard met het harnas van hem af. Ivander krabbelde overeind en ging zitten. Met twee handen duwde hij de vizier open en haalde gejaagd adem.

'Sorry,' zei hij tegen de eigenaar. 'Sorry, sorry, sorry.' Lord Waldon trok de helm van Ivanders hoofd en keek hem met donkere ogen aan.

'Zit je altijd aan andermans spullen?'

'Ik… Ik wilde alleen maar even weten hoe het voelde om ridder te zijn,' hakkelde Ivander. Hij voelde zich eerder een betrapte kleuter. Absoluut niet ridderachtig.

'Hij kon er niets aan doen,' hielp Ruby hem. 'Hij riep me omdat hij iets in de spiegel zag en gleed toen weg.'

Ivander perste zijn lippen op elkaar. Als zij dat nu ook maar deed.

'Wat zag je eigenlijk?' vroeg Ruby

Niet dus.

'Ik weet het niet meer,' mompelde Ivander. Hij deed zo nonchalant mogelijk en probeerde de rommel op de grond een beetje op te ruimen.

'Zei je nu Rubyla…' vroeg Ruby.

'RU-BY! Ik zeg toch dat ik het niet meer weet,' riep Ivander voor ze het woord kon afmaken.

Lord Waldon liep naar de spiegel en onderzocht hem aan alle kanten.

Ruby fronste haar wenkbrauwen en opende haar mond om nog iets te zeggen maar klapte hem dicht toen ze kennelijk iets doorkreeg.

'Hoe komt u eigenlijk aan al die zwaarden?' vroeg Ivander.

Lord Waldon keek hem via de spiegel aan.

'Ik koop ze op antiekbeurzen of veilingen,' antwoordde hij. 'Soms krijg ik ze uit nalatenschappen. Heel af en toe brengt een amateur-archeoloog ze bij me. Of een paar kinderen die er een gevonden hebben. Zoals jullie. Toch?'

'Staan ze hier allemaal in uw museumhuis?' vroeg Ivander snel om geen antwoord te hoeven geven. Hij stapte opzij.

'Willen jullie ze zien?'

'Nee, laat maar,' antwoordde Ruby. 'Het ging ons alleen om de Excalibur. En die heeft u niet.' Ze liep naar de deur. 'Maar dat wisten we eigenlijk al.'

'Omdat jullie hem hebben,' zei Lord Waldon.

'Precies. En daarom worden wij nu heel rijk. Want iedereen komt er naar kijken en dan is het hotel van mijn vader elke dag vol met gasten.'

'Welk hotel?'

'Camelot bij Dozemary's pool.' Uitdagend zette ze haar handen in haar zij. 'Wij weten alles over Koning Arthur.'

'Aha!' Lord Waldon leek even na te denken. 'Dozemary's pool. De plek waar de Vrouwe van het Meer heeft gewoond.'

'Nog steeds woont,' zei Ruby.

'Kunnen we nog wat zwaarden bekijken?' vroeg Ivander vlug. Ruby vertelde te veel. En Lord Waldon was te nieuwsgierig.

'Ik heb het hier wel gezien,' zei Ruby. 'Ik ga terug naar huis.'

'Ach kom, blijf nog even,' zei Lord Waldon. 'Het is net zo gezellig. De rondleiding is pas begonnen en ik durf te wedden dat je vriend-je verder wil kijken.'

'Hij is mijn vriendje niet.'

'Maar hij wil wel verder kijken.'

Iets in de stem van de man maakte dat Ivander geen nee durfde te zeggen. En een paar zalen met zwaarden doorlopen kon vast geen kwaad. Wie weet wat hij nog te weten kon komen.

'Even nog,' mompelde hij. 'Ik zit straks weer thuis en kom hier nooit meer. Er zijn hier zulke mooie zwaarden.'

'Tss…Jóngens,' zei Ruby. 'Nou, ik wacht wel beneden bij de trap op de houten bank tussen die ijzeren mannen. Als je maar niet te lang wegblijft.'

Een half uur later vonden Ivander en Lord Waldon Ruby inderdaad op het bankje onder aan de trap. Ivander had gedacht dat ze knap chagrijnig zou zijn omdat hij zolang was weggebleven maar dat viel mee. Ze had rode wangen en haar ogen schitterden.

'Was het leuk?' Ze wachtte het antwoord niet eens af en sprong overeind. 'We moeten nu snel gaan. Bedankt voor de rondleiding en de fijne middag.' Ze stak haar hand uit naar Lord Waldon. 'Dag!'

Ivander begreep er niets van. Vanwaar die verandering? Hij had nou niet bepaald de indruk dat ze Lord Waldon een aardige man vond. En wat had ze een haast.

'Het genoegen was geheel aan mijn kant,' zei Lord Waldon. 'Ik zie jullie binnenkort wel met het zwaard. Of ik kom hem halen. Dat kan ook. Zoals ik al zei, ik betaal er goed voor.'

'We denken er even over na,' zei Ruby. 'Aan het eind van de week bellen we wel.' Ze trok Ivander mee naar de deur.

'Maar als ik dan nog niets gehoord heb, weet je wat ik doe,' zei Lord Waldon. 'En dat meen ik.'

Hij opende de deur en Ivander en Ruby stapten naar buiten.

'Mag u die staatseigendommen dan eigenlijk wel hebben?' vroeg Ivander over zijn schouder.

'Tot ziens,' zei Lord Waldon en hij sloot de deur.

'Wat hèb jij?' vroeg Ivander toen Ruby hem de trap afsleurde en over het pad voortduwde.

'Je zult het niet geloven!' antwoordde ze. 'Gewoon doorlopen totdat we bij de bosjes daar zijn. Daarna gaan we terug.'

'Terug?'

'Toen jij met die griezel al die jongensdingen aan het bekijken was, heb ik mezelf een rondleiding gegeven,' zei ze.

Ivander begreep er niets van. 'Hoe bedoel je?'

'Ik ben een beetje gaan rondneuzen en links van de grote marmeren trap ben ik onder de ijzeren ketting door gegaan. Aan de achterzijde van de trap kwam ik bij een klein houten privé-deurtje. Achter die deur zat een stenen trapje dat naar de gewelven onder het huis leidde. En in een van de kamers bij de gewelven vond ik allemaal oude verroeste zwaarden. Een van die zwaarden leek precies op ons zwaard. En weet je wat ik daarop zag?'

Ivander kreeg geen tijd om antwoord te geven.

'Streepjes!' riep ze. 'Horizontale en verticale. Die had jij toch ook gezien op ons zwaard.'

Ivander keek verrast op. Dat ze dat onthouden had. Vanmorgen leek het haar totaal niet te interesseren.

'Dus ik dacht dat je dat wel wilde zien,' zei Ruby. 'Misschien kunnen we er wat mee.'

'Maar, hoe komen we binnen?' vroeg hij. 'En we kunnen toch niet zomaar in zijn privé-kamers rondsnuffelen?'

Ze keek even over haar schouder naar het huis dat door de bocht van de weg nu niet meer zichtbaar was en trok hem mee de struiken in.

'Ja hoor,' zei ze. 'Dat kunnen we wel.'

Ze worstelden zich door de prikkende takken naar de achterkant van de bosjes. Uit het zicht slopen ze terug naar de zijkant van het huis. Halverwege nam Ruby hem mee terug door de struiken. Vlak langs het huis was een smalle open strook. Ze stopte bij een klein raam dat op een kier stond. Ivander had nog nooit zo'n laag raam gezien. Het zat op de grond en de bovenzijde kwam tot zijn dijen.

'Hier is het,' fluisterde ze. Ze ging op haar knieën zitten en schoof het gordijntje dat ervoor hing opzij. 'Niemand te zien. Ik ga voor.'

Ze duwde het raam een stukje verder open, klom achterstevoren naar binnen en liet zich naar beneden zakken.

Ivander keek naar links en rechts. Zijn hart klopte zo hard dat hij hem bijna kon horen.

Dit was gewoon inbreken! Als zijn vader hier achter kwam... Hij zag het vermanende wijsvingertje al.

'Kom,' fluisterde Ruby.

Ivander keek naar het raam. Maar als je ergens inbrak, moest je ook wat meenemen. En dat deden zij niet. Ze gingen alleen maar kijken.

Dus was het eigenlijk geen inbreken. Het wijsvingertje verdween naar de achtergrond en Ivander liet zich op dezelfde manier naar beneden glijden. Met een doffe klap kwam hij ergens op terecht. Stokstijf bleef hij staan en luisterde of hij iets hoorde. Het bleef stil. Toen draaide hij zich om. Hij stond op een werktafel waar blikken vloeistof, poetslappen en ander gereedschap op lagen. Aan de zijkanten van de kamer stonden rekken vol langwerpige kisten met daarin oude zwaarden. Dit moest de ruimte zijn waar Lord Waldon oude zwaarden opknapte.

Ruby wees naar een zwaard in een kist met stro waar een bordje met de tekst 'onbehandelbaar' bij hing.

'Dat is hem.' Ze liep er naartoe en boog zich voorover. 'Huh?' zei ze. 'Hoe kan dat nou? Dit was hem! Ik weet het zeker.' Ze keek nog een keer goed. 'Ik zie helemaal geen streepjes meer. Maar ik heb ze echt gezien hoor.'

Ivander gleed van de werkbank en kwam naast haar staan.

In de kist lag net zo'n zwaard als zij hadden. Even groot, even verroest en heel oud. Maar geen horizontale en verticale streepjes. Hij knipte de lamp op de werktafel aan, richtte hem op het zwaard en boog zich erover. Met zijn vinger streelde hij over de kling.

'Kijk dan!' Opgewonden wees hij naar de kling. Over de gehele lengte lichtten er langzaam kleine groepjes horizontale en verticale streepjes op. Elk groepje had een ander patroon. Een paar tellen later verdwenen de streepjes weer alsof ze langzaam doofden.

Ruby kon alleen maar met open mond naar het zwaard staren.

'De Excalibur.' Ivanders stem was niet meer dan een fluistering. 'Dit is hem.'

'Huh?' zei Ruby afwezig. Ze staarde nog steeds naar de kling. 'Die hebben wij toch?'

Ivander schudde zijn hoofd en draaide haar aan haar arm naar zich toe.

'De Vrouwe van het Meer riep jouw naam helemaal niet,' zei hij. 'Ze riep *Rubilacxe* toen ze ons zwaard omhoog hield. En Rubilacxe is

Excalibur in spiegelschrift. Dat ontdekte ik in de spiegel boven in de zaal. Snap je? Ik denk dat er niet één zwaard is maar twee. En als wij de Rubilacxe hebben, moet dit de Excalibur zijn. Die streepjes proberen ons dat te vertellen.' Hij geloofde zichzelf nauwelijks toen hij het hardop zei maar zo voelde het wel.

Ruby's ogen schitterden. 'Niet te geloven.'

'We moeten de eigenaar vertellen dat de Excalibur hier ligt en niet boven hangt,' zei Ivander. 'Straks gooit hij hem weg omdat het ding toch niet meer op te knappen valt. Dat zou verschrikkelijk zijn.'

Ruby antwoordde niet, maar draaide zich om. Voorzichtig pakte ze de Excalibur uit de kist.

'Wat doe je?' vroeg hij.

'Die gaat met ons mee,' antwoordde Ruby.

'Joh! Dat kun je niet maken,' fluisterde Ivander. Het wijsvingertje hief zich dreigend op in de lucht en was zo groot als een arm. 'Dat is stelen.'

'Ik noem het liever lenen of bewaren,' zei Ruby. 'We zijn nog lang niet klaar met ons onderzoek. En mijn vader kan dit zwaard beter gebruiken dan Lord Waldon. Als dit werkelijk de Excalibur is moet je je eens voorstellen hoeveel mensen er op ons hotel afkomen.'

'Bewaren of lenen…' mompelde hij. Als zij het zwaard hadden, kon het in elk geval niet weggegooid worden. De wijsvinger schrompelde ineen en bij het zien van haar blik verdween hij helemaal. 'Oké, dat klinkt goed.'

Hij trok een vieze vuilniszak van een plank, stopte er wat stro in en hield hem open. Voorzichtig liet Ruby het zwaard erin glijden.

5
De boekwinkel

Een paar uur later zaten ze op Ruby's kamer. De zwaarden lagen voor hen op de grond.

'Zouden ze echt bijzondere krachten hebben?' vroeg Ivander zich hardop af.

'Vroeger misschien,' zei Ruby. 'Nu hoef je maar een keer te blazen en ze vallen uit elkaar.' Ze schudde haar hoofd. 'Ik geloof niet dat deze magisch zijn.'

'Gisteren geloofde ik ook nog niet dat er een vrouw in het meer woonde,' zei Ivander.

Ruby zuchtte. 'Je hebt gelijk. Maar deze roesthopen doen nog niet veel.'

'Behalve dat we op beide zwaarden streepjes hebben zien oplichten en verdwijnen,' zei Ivander. Ze staarden een poosje naar de zwaarden. Er gebeurde niets.

'Wat kunnen we nu nog doen?' vroeg Ruby na een poosje.

'Zoeken of we ergens iets kunnen vinden over de Rubilacxe?'

'Waar?'

'Op internet of in boeken.'

Ruby sprong op en sloeg haar hand tegen haar voorhoofd. 'Stom! Dat ik daar niet eerder aan heb gedacht!' riep ze. 'Voor dat laatste weet ik een goede plek. In het dorp is een oud boekwinkeltje. Er staan daar heel veel boeken over de geschiedenis van Koning Arthur omdat dit de streek is waar hij gewoond heeft. Mijn vader en ik gingen daar regelmatig heen om te kijken wat hij aan informatie kon gebruiken voor het hotel zodat het klopte met de verhalen. De eigenaar is Rupert. Hij is een beetje vreemd, maar hij weet er wel ontzettend veel vanaf. Hij is ervan overtuigd dat Koning Arthur ooit nog eens zal terugkomen. Misschien kan hij ons verder helpen.' Ivander keek op de klok. 'Dat wordt morgen,' zei hij. 'Laten we nu eerst op internet surfen of er iets bekend is over dit zwaard.'

Een deurbelletje rinkelde toen ze de volgende dag het boekwinkeltje binnengingen. Op internet waren ze niets wijzer geworden. Er was geen enkele hit op Rubilacxe. Alsof er helemaal geen zwaard bestond dat zo heette. Ivander begon te twijfelen. Had Koning Arthur wel twee zwaarden gehad? Waren die twee roestige zwaarden wel van hem geweest. Hadden ze eigenlijk wel streepjes gezien? Of zochten ze naar iets wat gewoon niet bestond. Hij wist het niet. Maar als ze vanmiddag niets wijzer werden, was het misschien beter om hun zwaard toch aan Lord Waldon te verkopen. Dan kregen ze er tenminste nog wat geld voor en konden ze daar iets leuks mee doen. Een boek over ridders kopen bijvoorbeeld. Hij bekeek de winkel en haalde zijn neus op. Het rook muf en het was stoffig. Zijn ogen moesten wennen aan het donker. Rondom, tegen de wanden, reikten donkere eikenhouten boekenkasten tot aan het plafond. Om bij de bovenste rijen te komen, stonden er ladders die op wieltjes heen en weer konden rijden. In het midden van de winkel was een grote donkere houten tafel geplaatst. Brandende kaarsen in drie zilveren kandelaars wierpen grote schaduwen op de kaften van de stapels boeken die erop lagen. Het enige geluid dat ze hoorden was een klok aan de muur die de seconden wegtikte. Het leek wel of ze een paar honderd jaar terug in de tijd waren.
'Kan ik jullie helpen?' Een rijzige man met een grijze baard kwam achter de toonbank vandaan. Zijn stem klonk rauw en hij leunde vermoeid op een wandelstok. Dikke blauwe aderen lagen als nerven van een boomblad op zijn hand.
'Dag, Rupert,' zei Ruby. 'We zoeken boeken over Koning Arthur.'
Voordat Rupert antwoord kon geven, klonk er een schrapend geluid achter in de winkel. Rupert keek omhoog en Ruby en Ivander

keken tegelijk om. Geen van allen zag iets en het geluid was weer weg.

'Ah, Koning Arthur. Wil je vader nog iets weten?' vroeg Rupert. 'Gaat hij het hotel nu al veranderen?' Zijn ogen glinsterden achter de dikke brillenglazen. 'Of wil hij er nog meer kamers bij bouwen?'

'Eerlijk gezegd zoeken we iets over het zwaard van Koning Arthur,' antwoordde Ruby. Weer was daar het schrapende geluid. Alsof er iets zwaars over een plank schoof.

Rupert keek opnieuw op.

'De Excalibur om precies te zijn,' zei Ivander snel.

'Ach nee!' riep Rupert. Zijn werden zo groot als stuiterballen.

'Is dat zo raar?' vroeg Ivander.

Rupert keek over de hoofden van de kinderen en wees naar de boekenkast.

'Heel raar,' zei hij. Een zware dreun volgde.

Geschrokken keken ze achterom. Op de grond voor de kast lag een groot dik opengeslagen boek. Op de bovenste plank zag Ivander een gat tussen de andere boeken. De ladder was niet eens in de buurt. Nou ja, zeg! Hoe kon zo'n boek nu spontaan naar beneden vallen?

Rupert plukte peinzend aan zijn baard.

'Een geluk dat er niemand stond,' mompelde hij. 'Het had zomaar iemand kunnen doden.' Hij schudde zijn hoofd alsof hij het nog steeds niet kon geloven en schuifelde naar het boek. Ruby en Ivander liepen achter hem aan. Rupert bukte en sloeg het boek half dicht. De bruine leren kaft zat vol plooien en uitgedroogde scheuren en had op alle vier de hoeken een metalen beslag.

'Nog nooit gezien,' zei hij. Hij sloeg het boek opnieuw open op de opengevallen bladzijdes. 'Vreemd, heel vreemd. Ik ken dit boek helemaal niet.' Zijn vingers gleden over het bruinige papier en hij mompelde wat onverstaanbare woorden.

'Prachtig, prachtig.' Hij sloeg het boek dicht. 'Ook toevallig. Hier staat echt van alles in over Koning Arthur en de Excalibur,' zei hij meer tegen zichzelf dan tegen de kinderen. 'Hier zijn bijzondere krachten en hogere machten aan het werk. Dat kan niet anders.' Toen knikte hij naar het boek. 'Neem het maar gelijk mee naar de tafel. Ik kan het niet tillen en het is zonde om het op de grond te laten liggen. Wel heel voorzichtig ermee.' Stram kwam hij overeind en slofte terug naar de toonbank maar halverwege draaide hij zich nog een keer om naar de kinderen.

'Wat wil je vader eigenlijk precies weten over de Excalibur?'

'Mijn vader?' vroeg Ruby.

Rupert keek haar ineens opmerkzaam aan.

'Jullie zijn hier helemaal niet voor je vader.' Van Ruby keek hij naar het gat tussen de boeken op de bovenste plank en weer terug. Toen vloog er een uitdrukking van herkenning over zijn gezicht.

'Ha! Wat nou toevallig?' riep hij uit. 'Helemaal niet toevallig.' Opgewonden prikte hij met zijn stok naar de kinderen. 'Iedereen mag me een idioot vinden maar ik wist dat hij ooit zou wederkeren.' Hij streek over het uiteinde van zijn baard en draaide een puntje aan het eind. 'Wat geweldig,' riep hij. 'Dat ik dit nog mag meemaken.'

Ivander staarde hem met open mond aan. Engeland zat toch maar vol vreemde mensen. De oude man sloeg wartaal uit maar deed dat zo enthousiast dat het hem niet had verbaasd als hij er een dansje bij had gemaakt. Erger nog, zag hij nu. Hij deed het ook! Rupert zette de stok voor zich neer en huppelde er een rondje omheen alsof hij nooit stramme benen had gehad.

'Maar wat hebben jullie met zijn wederkomst te maken?' vroeg Rupert zich hardop af. Het dansje stopte. 'Of met dat boek?'

Ze keken hem nog steeds met open mond aan.

'Oh, jullie hoeven mij niks te vertellen hoor,' zei Rupert. 'Maar als jullie hulp nodig hebben weet dan dat je altijd bij mij terecht kunt.' Hij gniffelde even en liep een stuk kwieker naar de toonbank. Fluitend begon hij boeken af te stoffen.

'Sorry hoor,' fluisterde Ivander, 'maar er wonen hier wel een hoop gekken.'

'Ja, jij zou er goed tussen passen.' Ruby grijnsde. 'Ik had toch gezegd dat hij een beetje apart was maar wel onwijs aardig.' Ze hurkte naast het boek. 'Help eens tillen. Het is loodzwaar.'

Samen raapten ze het zware boek op en lieten het op de tafel glijden. Stof vloog omhoog en dwarrelde rond de vlammen van de kaarsen.

Ivander sloeg het boek open. 'Het is met de hand geschreven,' zei hij. 'Dit moet al eeuwen oud zijn.'

'En het is nog in heel ouderwetse taal ook.' Ruby boog zich over het boek. 'Hier kan ik helemaal niks van maken. Het lijkt niet eens op Engels.'

Ze bladerden door het boek maar alle woorden waren abacadabra voor hen.

Na een poosje duwde Ruby haar stoel naar achter en liep naar Rupert die hen al die tijd nauwlettend in de gaten had gehouden.

'Weet u nog op welke bladzijde het boek open lag?' vroeg ze.

'Bladzijde 578,' zei Rupert. 'Wacht, ik loop even mee.'

Ivander bladerde door tot ze de juiste bladzijde voor zich hadden liggen. Maar ook hier waren de woorden geschreven in een taal waar ze nog nooit van gehoord hadden.

'Wij kunnen het niet lezen,' zei Ruby.

'Dan boffen jullie dat ik het wel kan,' zei Rupert. 'Het is Keltisch.' Zijn vinger gleed langzaam langs de geschreven regels. 'Hier staat bijvoorbeeld dat de Excalibur niet hetzelfde zwaard is als het zwaard in de rots.' Hij keek de kinderen aan. 'Wisten jullie dat?'

'Dus Koning Arthur heeft twee zwaarden gehad,' riep Ivander. Opgewonden stootte hij Ruby aan.

'Precies. Veel mensen weten dat niet,' zei Rupert. 'Willen jullie het verhaal horen?'

Ze knikten tegelijkertijd.

'In de vierde eeuw na Christus was het een rommeltje in Engeland,' begon Rupert. 'De Romeinen waren weg en verschillende stammen vielen Engeland binnen. Iedereen vocht met iedereen want iedereen wilde Engeland hebben. Er was veel onrecht, veel verdriet en veel ellende onder de bevolking door al deze oorlogen. Toen ook nog eens de koning overleed en geen troonopvolging achterliet was het land helemaal stuurloos en wist niemand meer wat te doen. Edelen vroegen de magiër Merlijn om hulp.'

Rupert stopte even. 'Jullie weten wie dat was?'

'Een soort tovenaar,' zei Ruby. 'Hij voorspelde dingen die nog moesten gebeuren.'

'Precies,' zei Rupert. 'Hij was magiër, een alziend oog die in de toekomst kon kijken. Doordat hij zoveel wist kon hij vooraf vaak dingen regelen of naar zijn hand zetten die goed waren voor het land.' Hij stopte even met praten en leek na te denken terwijl hij het boek streelde. 'En wie weet doet hij dat nog steeds,' mompelde hij uiteindelijk.

Ivander keek Ruby aan met een blik van 'daar gaat die idioot weer'.

'Hij hielp toch ook Koning Arthur,' zei Ruby snel.

'Precies.' Rupert richtte zijn aandacht weer op Ruby en Ivander. 'Daar gaat het verhaal ook verder. Merlijn vertelde de edelen dat ze naar het kerkhof in Londen moesten gaan. Daar was op geheimzinnige wijze een grote steen, een soort rotsblok, gekomen met daarin een zwaard. Op de steen stond geschreven dat degene die het lukte om het zwaard eruit te trekken met recht geboren was als koning van heel Engeland. Veel mannen gingen de uitdaging aan maar wat ze ook probeerden... Niemand kon het zwaard uit de rots krijgen. Totdat de 15-jarige Arthur het probeerde. Hem lukte het wel. Daarom werd hij koning van Engeland. Dat was het eerste zwaard van Arthur. Het brak toen hij het een keer tijdens een onrechtmatig duel gebruikte. Later kreeg hij van de Vrouwe van het Meer de Excalibur waarmee hij onoverwinnelijk werd. Het zwaard in de rots had dus geen naam.'

'Of wel,' mompelde Ivander.

'Rubilacxe,' fluisterde Ruby.

Rupert draaide aan zijn gehoorapparaat. 'Wat zeggen jullie?'

'Staat er ook bij waar dat zwaard uit de steen is gebleven?' vroeg Ivander. 'Hoe groot het was of hoe het eruitzag?'

Rupert bladerde door het boek. 'Nee, niets daarover. Maar de Excalibur is terug naar de Vrouwe van het Meer gegaan. Althans. Dat zeggen de verhalen.' Hij legde het boek weer open bij bladzijde 578.

Ivander zuchtte. 'Hier schieten we niet zo heel veel mee op. Zijn er nog meer boeken waar we iets kunnen vinden?'

Rupert reageerde niet. Hij leek weer verdiept in het boek op tafel. Zijn vinger gleed over een stukje tekst dat in een kader was geschreven. Het was een kader dat onderaan precies in het midden van het boek over twee bladzijdes viel. Op de linkerpagina en de rechterpagina waren twee precies dezelfde zwaarden afgebeeld die elkaar kruisten op de naad en overlapten op de bladzijdes.

'Wacht even. Misschien hebben jullie hier iets aan,' zei hij.

Ze bogen zich naast hem over het boek toen hij langzaam voorlas wat er in die vreemde taal stond geschreven.

Kruisende klingen van gespiegeld staal
wekken de nevelen rondom een verloren land.
Gebundelde kracht van dit eremetaal
brengt een oud koninkrijk opnieuw tot stand.

Het belletje van de deur deed hen opschrikken. Rupert kwam overeind. Hij pakte zijn stok en liep naar de toonbank terwijl Ruby en Ivander nog over die vreemde tekst nadachten.

6
Onverwacht bezoek

'Goedemiddag, kan ik u helpen?' vroeg Rupert.

'Goedemiddag,' antwoordde de klant met harde zware stem. Voetstappen dreunden over de houten vloer. Ivander en Ruby keken elkaar tegelijk aan.

Ivander dook onder de tafel en trok Ruby met zich mee.

'Lord Waldon?' vormde Ruby met haar mond. Ivander knikte. Zijn hart bonkte zijn lijf bijna uit. Lord Waldon had vast ontdekt dat het zwaard weg was en zocht hen nu.

Op handen en knieën kropen ze naar een grote kast waar ze zich achter verstopten. Zachtjes trok Ivander een boek uit de rij van de onderste plank zodat ze zicht hadden op de toonbank.

'Ik heb gehoord dat u alles weet over Koning Arthur,' zei Lord Waldon.

'Nou, alles,' antwoordde Rupert. 'De geschiedenis van Koning Arthur kent meer geheimen dan u en ik kunnen bedenken. Dus alles zal ik niet weten. Maar ik heb hier wel heel veel naslagwerk waarin de verhalen over hem staan beschreven.'

'Allemaal mythen en legenden.'

'Het is maar waar je in gelooft,' zei Rupert.

'Wat betekenen ze voor u?'

'Wat wilt u dat ze voor mij betekenen?'

Lord Waldon grinnikte even. 'Ah, een ouderwetse verkoper.' Hij draaide zich om en keek rond. Ruby dook op Ivander en samen lieten ze zich geluidloos opzij vallen. Ivander voelde Ruby's hart tegen zijn hart opbonken. Hij wist niet welke van de twee het meest tekeer ging.

'U hebt een mooie winkel. Is hier de laatste tijd nog iets bijzonders gebeurd?' vroeg hij.

'Zoals wat?'

'Mensen die op zoek zijn naar speciale informatie over de Excalibur. Dit is toch dé plek waar de Vrouwe van het Meer woont die hem bewaart?'

'De verhalen zeggen het.'

'En er is hier in de omgeving de afgelopen dagen niet toevallig een zwaard dat op de Excalibur leek opgedoken, waar iemand meer informatie over wilde?'

'Als dat zo was dan zou dat zeker wereldnieuws zijn geworden en had u het ook geweten,' antwoordde Rupert.

'Tenzij je niet snapt dat het wereldnieuws is.'

'U snapt niet dat het wereldnieuws zou zijn?' vroeg Rupert verbaasd.

'Ik heb het niet over mezelf.' Lord Waldon begon duidelijk geïrriteerd te raken. 'Is er nu een zwaard gevonden of niet!'

'Niet dat ik weet,' zei Rupert.

'Ook geen kinderen gezien die zeer geïnteresseerd waren in het zwaard of de zwaarden van Koning Arthur?'

Ruby greep Ivander bij zijn arm. Ivander kon met moeite een kreet binnen houden.

'Alle kinderen zijn geïnteresseerd in het zwaard, of de zwaarden van Koning Arthur,' antwoordde Rupert rustig. 'Zeker als ze hier uit de omgeving komen.'

Ivander voelde zijn maag krimpen tot de grootte van een knikker.

'Meneer, ik zal mijn vraag iets duidelijker stellen,' zei Lord Waldon. 'Zijn hier de afgelopen dagen een jongen met halflang haar en een meisje met lang rood haar, beiden ongeveer tien jaar, bij u in de winkel geweest?'

Het bleef even stil. Ivander durfde meer niet te ademen en Ruby kneep zijn arm zowat fijn.

'Dat kan ik me niet herinneren,' antwoordde Rupert uiteindelijk.

'Mocht het wel gebeuren, wilt u dan direct contact opnemen?'

'En wie mag u dan wel zijn?' vroeg Rupert.

'Lord Waldon. Gecertificeerd Kunst- en Antiekhandelaar. Belt u nu maar als u informatie heeft. Het zou uw winkel goed doen. Ik kan er reclame voor maken in mijn museum. Hier is een kaartje met mijn telefoonnummer.' Hij draaide zich om en zette een stap richting de deur toen hij zich bedacht. Hij liep naar het opengeslagen boek op tafel en boog zich erover. 'Is dat iets bijzonders?' vroeg hij. 'Waarom denkt u dat?'

'Die twee gekruiste zwaarden.' Lord Waldon gleed met zijn vingers over de zwaarden die onder aan de pagina getekend stonden.

'Het is ontzettend oud, ik heb liever niet dat u zonder handschoenen aan het boek komt,' antwoordde Rupert streng. 'De zouten uit uw poriën kunnen het perkament…'

'Ja, ja, ja, aantasten en vernietigen,' maakte Lord Waldon de zin af. Toch haalde hij zijn vingers van de tekening en liep weg.

'Dus u belt mij als u iets weet?' riep hij over zijn schouder.

Rupert antwoordde niet.

Een paar tellen later klingelde de deurbel. Pas toen Ruby en Ivander een auto hoorden wegrijden, durfden ze weer tevoorschijn te komen.

'Bedankt,' zei Ivander. Hij hield zich vast aan Ruby omdat hij bang was anders om te vallen. Lord Waldon had kennelijk nog niet ontdekt dat zijn zwaard weg was maar kwam toch achter hen aan. Waarom? Geloofde hij nu toch ineens dat zij de Excalibur van de Vrouwe van het Meer hadden gekregen?

'Ja, tof dat u ons niet verraden heeft,' zei ook Ruby. Ze zag bleek.

Rupert keek de kinderen onderzoekend aan. Toen liep hij naar de deur en draaide een bordje 'gesloten' om.

'Ik geloof dat het tijd is dat wij eens met elkaar praten,' zei hij. 'Ik denk namelijk dat jullie iets meer over een bepaald zwaard weten dan jullie tot nu toe verteld hebben en daar ben ik als Koning Arthur-deskundige heel nieuwsgierig naar.'

Rupert hoefde weinig te zeggen om hen te overtuigen dat ze beter alles konden vertellen. Eigenlijk was Ivander wel opgelucht dat er een volwassene op de hoogte zou zijn. Zeker nu Lord Waldon achter hen aan zat. Rupert leek wel te vertrouwen. Ruby dacht er hetzelfde over. Ze gingen aan de grote tafel zitten en vertelden hem over de flikkering in de nacht, de boottocht op het meer, het vinden van het oude verroeste zwaard en hun bezoek aan het landhuis waar ze toevallig een tweede, precies hetzelfde zwaard hadden gevonden. Het gedeelte van het verhaal waarin ze het zwaard hadden meegenomen, sloeg Ivander vooralsnog even over toen het wijsvingertje hem op de schouder tikte.

Rupert luisterde aandachtig en onderbrak hen niet.

'Dat was het?' vroeg hij toen ze klaar waren.

'Het klinkt misschien allemaal wat ongeloofwaardig,' mompelde Ivander. Vooral het stuk over de arm die uit het water kwam was een waanzinnig verhaal, nu hij er goed over nadacht. Maar Ruby en hij hadden het met eigen ogen gezien.

'En er zijn wel veel toevalligheden,' zei Ruby.

Rupert streek peinzend over zijn baard en knikte naar het oude boek. 'Dat zeker. Zelfs hier. Een onbekend boek dat spontaan naar beneden valt met informatie over de twee zwaarden op het moment dat jullie in mijn winkel zijn.'

Hij boog zich opnieuw over het gedicht. 'Maar... misschien zijn die toevalligheden wel allemaal signalen die we niet mogen negeren omdat ze ons iets willen of moeten vertellen,' mompelde hij.

Hij begon het gedicht zacht voor te lezen en herhaalde regel voor regel opnieuw en opnieuw alsof hij in een trance raakte. De groeven in zijn voorhoofd leken bij elke zin dieper te worden.

Kruisende klingen van gespiegeld staal
wekken de nevelen rondom een verloren land.
Gebundelde kracht van dit eremetaal
brengt een oud koninkrijk opnieuw tot stand.

Toen hij eindelijk stopte, zag zijn gezicht er ineens opgewekt, glad en veel jonger uit.

'U weet wat het betekent!' riep Ivander.

Rupert knikte. 'Dat de twee identieke zwaarden de poort tot een verloren land zijn.' Hij zei het op een toon alsof het de duidelijkste zaak van de hele wereld was.

'En wat moet ik me daar precies bij voorstellen?' vroeg Ruby.

'Dat weet ik ook niet,' zei Rupert. 'Daar kunnen we alleen achter komen als we de Excalibur èn de Rubilacxe hebben. Dus... we moeten de Excalibur eigenlijk 'even lenen' van Lord Waldon. Denken jullie dat dat gaat lukken?'

Ivander en Ruby grijnsden. 'Heel gemakkelijk!' riepen ze tegelijk.

7
Het moeras

Een paar uur later liepen Ivander en Ruby allebei met een zwaard in een vuilniszak naar het boekenwinkeltje. Zodra ze binnen waren, hing Rupert een bordje op de deur dat de winkel wegens omstandigheden gesloten was en schoof de zware zwarte gordijnen dicht. 'Pottenkijkers kunnen we vandaag niet gebruiken,' zei hij toen Ivander hem vragend aankeek. Voorzichtig legde Ivander zijn vuilniszak op tafel en haalde het zwaard eruit. Ruby legde die van haar ernaast.

Rupert sloeg een boek open en schoof het naar de kinderen toe. Op de bladzijde stonden twee kolommen met letters en daarachter horizontale en verticale streepjes.

'Dat is wat we zagen op de kling!' riepen Ruby en Ivander tegelijk.

'Dat dacht ik al,' zei Rupert. 'Het zijn letters uit het oude Ogham alfabet.'

Ivander had geen idee waar Rupert het over had. Rupert sloeg het boek op een andere bladzijde open. 'Herkennen jullie iets?' Er stonden acht groepjes horizontale en verticale streepjes achter elkaar.

'Die heb ik gezien,' riep Ruby. Ze wees naar vijf streepjes waar een streep dwars doorheen liep. 'Die gebruik ik wel eens voor het tellen tot vijf en ik dacht nog: er staat een streep teveel.'

'Dat hele groepje streepjes is de letter i,' zei Rupert.

'En deze heb ik geloof ik gezien,' zei Ivander. Hij wees naar vier verticale streepjes met een streep eronder.

'Dat kan heel goed kloppen,' antwoordde Rupert. 'Hier staat namelijk Caliburn geschreven. En Caliburn is Keltisch voor Excalibur.'

'Dus het is hem echt,' riep Ruby. Ze stak haar hand omhoog en

Ivander sloeg er hard tegenaan.

'Ik denk het wel,' zei Rupert. Hij pakte een vergrootglas, schoof een stoel bij de tafel en bekeek de knop van de Rubilacxe nauwkeurig. Toen brak er een glimlach door op zijn gezicht. Hij pakte een fototoestel en maakte een foto van elk zwaard afzonderlijk en van de twee zwaarden samen.

'Je weet maar nooit waar het goed voor kan zijn,' zei hij. 'En anders is het een leuke herinnering voor mezelf.'

'Wel jammer dat er niks gebeurt nu ze bij elkaar zijn,' zei Ruby. 'Ze zijn zo dood als een pier.'

'Nog wel,' zei Rupert. Zijn ogen glinsterden alsof hij een binnenpretje had. 'Maar daar kunnen wij waarschijnlijk verandering in brengen.'

'Hoe dan?' vroeg Ivander.

'Om te beginnen moeten we naar Glastonbury.'

'Naar Lord Waldon?' riep Ruby. 'Ja, dag! Die ziet ons al aankomen!'

'Die geeft ons gelijk aan bij de politie,' riep Ivander. 'We hebben zijn zwaard gestolen.'

Rupert hief zijn handen op. 'Ho, ho, ho, opgewonden standjes. Wie heeft het over Lord Waldon?'

'U,' riepen Ruby en Ivander tegelijk.

De oude man schudde zijn hoofd.

'Wel waar,' riep Ruby. Ze zette haar handen in haar zij. 'U zegt toch net dat we naar Glastonbury gaan.'

'Jawel, maar Glastonbury is wel wat groter dan het landhuis van Lord Waldon alleen,' zei Rupert kalm.

'O.' Ruby klapte haar kaken op elkaar en Ivander had het plots heel druk met het bestuderen van zijn schoenen.

Rupert lachte.

'Wat gaan we dan doen?' vroeg Ivander.

Rupert sloeg het oude boek open. 'Wij gaan proberen Koning Arthur tot leven te brengen.'

Nu was het de beurt aan Ruby en Ivander om te lachen. 'Een

koning die 1500 jaar geleden heeft geleefd,' zei Ivander. 'Die is allang dood, morsdood.'

'Of een koning die nooit is gestorven maar wacht om op het juiste moment weer tevoorschijn te komen,' zei Rupert. Zijn ogen glommen. 'Het is maar waar je in gelooft. Jullie geloven toch wel dat Koning Arthur echt heeft bestaan?'

Ze knikten.

'En jullie geloven in de Vrouwe van het Meer?'

Ze knikten opnieuw. Ze hadden haar zelf gezien.

'En jullie geloven ook dat dit de Excalibur en de Rubilacxe zijn?'

'Ja,' zeiden ze.

'Nou, ik geloof dat Koning Arthur ooit terugkomt om de wereld beter te maken,' zei Rupert. 'En als dat nu is, geloof ik ook dat wij hem daarbij moeten helpen.'

Ivander voelde een warme gloed door zijn lichaam trekken. Zouden Rupert, Ruby en hij werkelijk Koning Arthur kunnen helpen? Zou hij een van Koning Arthurs ridders kunnen worden?

'Maar hoe?' vroeg Ruby.

'We zijn al begonnen,' antwoordde Rupert. 'Jullie hebben de zwaarden gevonden. Ik heb het gedicht ontcijferd. Luister maar eens goed naar de eerste regel. Kruisende klingen van gespiegeld staal...'

Ivander keek naar de verroeste zwaarden. 'Ik zie geen staal en spiegelen doen ze zeker niet meer,' zei hij.

Rupert schudde zijn hoofd. 'Gespiegeld staal heeft niets met glimmend te maken maar met het spiegelbeeld van de Excalibur en de Rubilacxe. Het staat voor de twee identieke zwaarden.'

'O ja, wat slim!' riep Ruby. 'En verder?'

'De tweede regel geeft aan dat als de klingen van de twee zwaarden gekruist worden de nevelen van een verloren land worden gewekt. Met andere woorden, het eiland Avalon waar Koning Arthur naartoe is gebracht zal weer verschijnen. En de derde en vierde regel zeggen dat als de krachten van deze twee zwaarden gebundeld worden het oude koninkrijk, dat van Koning Arthur, weer nieuw leven wordt ingeblazen.'

'Maar waarom moeten we dan naar Glastonbury?' vroeg Ivander.

'Omdat veel verhalen vertellen dat Avalon te bereiken is via de Glastonbury Gate. De Gate hebben wij. We hoeven dus alleen nog maar naar Glastonbury.'

'Wij hebben de Gate? Daar snap ik niks van,' zei Ruby.

Rupert wenkte de beide kinderen dichterbij te komen. Hij pakte het vergrootglas opnieuw en hield hem vlak voor de knop aan de achterzijde.

'Zie je wat?' vroeg hij aan Ruby.

'Nee.'

'Kijk eens heel goed.' Rupert pakte een kaars uit de kandelaar en hield hem vlak bij de achterkant van het zwaard.

'Ik zie ni… Hé, wacht even.' Met haar neus drukte ze het vergrootglas bijna kapot. 'Het lijkt wel of daar een G staat,' riep ze. 'Wat gek dat je dat nog kunt zien door al die roest.'

'En kijk jij eens bij het andere zwaard,' vroeg Rupert aan Ivander.

Ivander tuurde door het vergrootglas. 'Ook een G, geloof ik,' zei hij. 'Het is nauwelijks te zien maar het is wat donkerder van kleur en heeft de vorm van een G.'

'Glastonbury Gate,' zei Rupert. 'De toegang tot het eiland Avalon. In veel boeken staat dat Glastonbury het vroegere Avalon was. Het zal niet helemaal kloppen maar een kern van waarheid zal er wel in zitten. De plaats waar het huidige Glastonbury is, was in elk geval in de tijd van Koning Arthur omringd door moerassen en meren. Ik denk dus dat Glastonbury de juiste plek is om de zwaarden te kruisen. Wat denken jullie?'

'Ik weet niets beters,' zei Ivander. 'Dus ik ga mee.'

'Ik ook,' zei Ruby. 'Niet dat ik geloof dat er ineens een eiland verschijnt, maar ja je weet nooit. Ik had ook nooit gedacht een arm van een vrouw uit het meer te zien steken met een zwaard erin.'

Een uur later stonden ze aan de rand van een natuurgebied. Rupert had de auto geparkeerd en haalde een oude geruite gitaarhoes met de twee zwaarden erin uit de achterbak. Hij hing hem over zijn rechterschouder en pakte nog een stuk opgerold touw dat hij om zijn linkerschouder hing. Met een klap duwde hij het deksel van de kofferbak dicht.

Ivander keek naar het waarschuwingsbord aan het begin van het wandelpad.

1)   *Ga niet van de paden*

2)   *Verlaat het gebied zo snel mogelijk bij het horen van de misthoorn*

3)   *Blijf op je plek als de mist je al omringd heeft*

4)   *Zorg voor warme kleding*

5)   *Zorg voor extra voedsel*

6)   *Kinderen onder de 16 mogen alleen onder begeleiding het reservaat in*

Hij begon zacht te hummen. Het bord was echter niet het enige waar hij zich zorgen om maakte. Onderweg dacht hij de auto van Lord Waldon twee keer te hebben gezien. Zo'n opvallende wagen zag je tenslotte niet vaak. Maar elke keer als hij het de anderen wilde vertellen, was de auto weer verdwenen. Misschien werd hij wel gek door alle spanning en zat het alleen maar in zijn hoofd.

'Geen zorgen,' zei Ruby. Ze kwam naast hem staan. 'Van mist hebben wij vandaag geen last.' Ze wees naar de strakblauwe lucht en hief haar hoofd richting de zon. Die zette haar haren in vuur en vlam. Wat een prachtige kleur was het toch, dacht Ivander. Het nare gevoel trok een beetje weg. Maar helemaal gerustgesteld was hij nog niet. De laatste keer dat ze plotseling door de mist omsingeld waren, was hij nog niet vergeten. Toen was er ook geen wolkje aan de lucht geweest.

'Kom, dan gaan we,' zei Rupert. Met zijn wandelstok in zijn hand zette hij de pas erin. Ruby en Ivander volgden hem.

'Hoe weet je waar je heen moet?' vroeg Ivander.

'Dat weet ik niet,' zei Rupert opgewekt. 'Maar als we goed opletten denk ik dat we wel weer een teken of iets dergelijks zullen krijgen. En we moeten geen meekijkers hebben. Dus hoe verder we lopen hoe beter.'

Wat een vaag gedoe, dacht Ivander. Snel keek hij over zijn schouder of ze inderdaad niet gevolgd werden. Alleen Ruby liep achter hem. Rupert was wel erg goedgelovig. Je kon toch niet zomaar op de gok door een moeras gaan lopen en dan hopen op een teken. Dat was levensgevaarlijk. Hij besloot voor de zekerheid maar goed te onthouden hoe ze liepen. Als het dan fout ging, wist hij in elk geval de route terug.

Zwijgend vervolgden ze hun weg over een slingerend aarden pad van een meter breed. Aan beide zijden stonden rietkragen met zwierige pluimen in drassige bodem. Hun voetstappen werden gedempt door de zachte ondergrond. Af en toe vloog een verstoorde vogel op uit het riet.

Ivander keek naar boven maar de lucht was nog net zo blauw als ervoor. Kleine stroompjes doorkruisten hun pad maar door de houten bruggetjes hielden ze hun voeten droog. Het water zag er aanlokkelijk uit in die hitte. Maar Rupert had er aardig de pas in.

Mompelend repeteerde Ivander keer op keer de route. '1e pad links, 3e pad rechts, 1e pad rechts, 2e keer links, met de bocht mee naar rechts…' Poeh! Hij had een hoop te onthouden. Er moest niet veel meer bijkomen want dan ging het fout op de terugweg.

'Vertrouw je niet op Rupert?' vroeg Ruby zacht. 'Die kent de weg toch?'

'Welnee,' zei Ivander. 'Die loopt net zolang door tot hij tekens krijgt waar hij heen moet.'

'Tsss. Daar zijn we lekker mee,' zei Ruby. 'We lopen nu al drie kwartier.' Ze sloeg met haar handen rond haar hoofd en liet haar armen en benen zien die onder de bulten zaten.

'Ik vind het niet meer leuk,' fluisterde ze. 'Ik heb het snikheet, ik stik van de dorst en word gek van de jeuk! Ik geloof niet dat hier een eiland tevoorschijn komt. Wat denk jij?' Nijdig sloeg ze opnieuw met haar hand langs haar hoofd. 'Oprotten!' riep ze tegen de rond haar hoofd zoemende muskieten.

Ivander zuchtte. Hij had geen last van de muskieten maar was het wel verstandig geweest om zomaar het moeras in te gaan? Hij keek naar de rug van Rupert waar de hoes met zwaarden en een stuk touw overheen hing. Hij hield hen helemaal niet meer in de gaten en stapte behoorlijk door voor zo'n oude man. Waar was dat touw eigenlijk voor? Wat wisten ze eigenlijk van hem? Was hij wel te vertrouwen? Rupert had dankzij hen de twee zwaarden wel heel gemakkelijk gekregen. En als de zwaarden werkelijk de poort tot Avalon waren, kon hij zijn gelijk bewijzen aan alle mensen die hem al jaren voor een oude gek hadden versleten. Hij had immers altijd al geroepen dat Koning Arthur zou terugkeren. De pers zou een held van hem maken. En wie wilde er nu geen held zijn en alle aandacht zelf opeisen? Daar kon hij vast geen twee kinderen bij gebruiken. Hij kon hen zomaar vastbinden en achterlaten in dit gebied en niemand zou hen ooit meer terugvinden. Vlug keek hij achterom. Hij zou toch niet samenwerken met Lord Waldon? Het nare gevoel in zijn buik werd ellendiger en ellendiger tot hij het niet meer hield.

'Ik draag de zwaarden wel,' riep hij naar Rupert die eindelijk stil was blijven staan. Hij sprintte naar voren en trok aan de hoes op zijn rug.

'Hé, hé, voorzichtig.' Rupert draaide zich om naar Ivander en keek hem onderzoekend aan.

'Ah, zit het zo,' zei hij glimlachend. Hij legde zijn hand op Ivanders hoofd en liet hem daar even rusten. 'Heus, je kunt me vertrouwen,' zei hij vriendelijk. 'Ik bind jullie echt niet vast en ik laat jullie zeker niet achter. In mijn eentje op onderzoek is lang niet zo leuk als met jullie samen.' Hij gooide het touw neer en liet de hoes voorzichtig op de grond zakken.

Verbluft staarde Ivander hem aan. Kon die man gedachten lezen?

'Kijk eens wat mooi,' zei Rupert. Hij wenkte Ruby bij hen te komen. Aan de rechterkant van het pad was over een aantal meters de rietkraag verdwenen en voor hen glinsterde een groot meer in de zon. Aan de oever bloeiden plantjes met vrolijke roze en witte bloemen en op het water dreven lelies in dezelfde kleur tussen mooie groene bladeren. Het was inderdaad prachtig.

'Volgens mij is dit de plek waar we moeten zijn,' zei Rupert.

8
Noodweer

Rupert opende de hoes. Uitnodigend wees hij naar de zwaarden.
'Aan jullie de eer.'
Ivander voelde zijn wangen licht kleuren. Waarom had hij zo slecht over hem gedacht? Rupert hielp hen juist heel goed. En wat kon die oude man hun nu eigenlijk aandoen?
'Nou, waar wachten jullie nog op?' vroeg Rupert.
'Ik eerst,' riep Ruby. 'Dan hak ik de kop eraf van elke muskiet die nog bij me in de buurt durft te komen.' Moordlustig schoof ze wat stro opzij en haalde het zwaard uit de hoes. Met twee handen omvatte ze het gevest en hield het hoog. Ze speurde de lucht af naar die irritant zoemende en stekende beestjes. Maar geen muskiet durfde zich meer in haar buurt te vertonen.
Ivander schoof een volgende laag stro opzij en pakte het andere zwaard.
Rupert raapte ondertussen het touw van de grond en sloeg het middelste gedeelte om zijn middel.
'Ik maak jullie alle twee aan een uiteinde vast,' zei hij. 'Ik weet niet of er iets gaat gebeuren maar ik vermoed dat het niet zo stil en rustig zal blijven als nu. Zo blijven we in elk geval bij elkaar.'
Ivander voelde het schaamrood naar zijn kaken stijgen. Dus daar was het touw voor! Zodat ze er niet alleen voor kwamen te staan.
'Sorry,' mompelde hij zacht.
Rupert knipoogde alleen maar. 'Zijn jullie er klaar voor?' vroeg hij.
Ruby knikte. Ivander knikte ook, al had hij geen idee waarvoor hij klaar moest zijn. Hij draaide zich in de richting van Ruby en hief zijn zwaard schuin omhoog. Rupert stond links van hem en het

meer lag rechts. Ruby ging recht tegenover hem staan en deed hetzelfde. De zwaarden kruisten elkaar halverwege in de lucht.
Voorzichtig lieten ze de klingen tegen elkaar aan leunen.
'Nu blijven staan,' zei Rupert. 'Niet meer bewegen.'
Ivanders handen trilden, ook al straalde Rupert een enorme rust en
kalmte uit. Hij wist niet of het door de zenuwen kwam of doordat
het zwaard toch nog behoorlijk zwaar was. Hij klemde zijn lippen
op elkaar. Het moest voor Ruby ook zwaar zijn maar van haar
gezicht was niets af te lezen. Een windvlaag streek langs de oever.
Was het een voorbode? Het riet achter hen ruiste en de pluimen
bogen. Ivander keek naar het meer en even stopte hij met ademha-
len.
'Houd het zwaard recht!' schreeuwde Rupert.
Ivander was gelijk weer bij de les en drukte het zwaard stevig tegen
het zwaard van Ruby. Toen hij zeker wist dat ze goed gekruist waren
keek hij opnieuw naar het meer. Aan de horizon kolkten donkergrijze, inmiddels bijna zwarte wolken om elkaar.

'Zien jullie dat?' fluisterde hij. Niemand antwoordde. Ruby's mond stond open en Rupert stond met tranen in zijn ogen naar de verte te kijken. De wind wakkerde aan en de gitzwarte lucht kwam met steeds grotere snelheid op hen af. De zon was nu helemaal verdwenen. Het meer zag er net zo zwart en dreigend uit als de lucht. De wind beukte op de oever. Steeds harder en harder. Water sloeg over het pad.

'Is dit wel een goed idee,' riep Ivander maar hij kon het zwaard niet loslaten. Zijn haar waaide in zijn ogen en hij moest zich schrap zetten om te blijven staan.

'Je bent toch niet bang?' schreeuwde Ruby.

Ivander schudde zijn hoofd in de hoop dat de wind zijn haar uit zijn gezicht zou blazen. Ja, natuurlijk was hij bang. Doodsbang.

'Wat er ook gebeurt, blijf de zwaarden vasthouden,' schreeuwde Rupert tegen de wind in. Met de hakken van zijn schoenen in de zachte bodem geperst hield hij zich schrap en met twee handen vast aan het touw probeerde hij Ruby en Ivander in balans te houden. 'We kunnen nu niet meer terug!'

'Gaat het nog, Ruby,' schreeuwde Ivander. Ze knikte. Haar losse haar wapperde in dikke strengen rond haar gezicht. De knokkels van haar handen zagen wit van de kracht die ze gebruikte om het zwaard hoog te houden. Toen er geen enkel plekje blauw meer te zien was schoot een helle bliksemschicht uit de zwarte lucht recht op hen af. Even dacht Ivander dat dit zijn dood werd maar de schicht raakte precies het midden van de kruisende zwaarden en werd opgenomen door het roestige staal. Een enorme donder volgde en regen stortte met bakken uit de lucht. Ivander kneep zijn ogen dicht maar opende ze direct weer toen Ruby een kreet slaakte. Roest viel als grof zand van de zwaarden en verwaaide met de wind om hen heen. Het duurde hooguit een minuut voordat al de roest verdwenen was en ze twee blinkende zwaarden vasthielden.

'On-ge-loof-lijk, wat mooi,' stamelde Rupert. Zijn stem klonk dik van de emotie. Water droop uit zijn baard en haar maar zijn ogen glommen alsof hij de meest gelukkige man op aarde was. 'Volhouden!' riep hij. 'Het is nog niet klaar.'

Ivander klemde zijn kaken op elkaar. Zijn armen trilden van inspanning. Dit kon hij niet lang meer volhouden.

'Kom op!' gilde Ruby. 'Je kunt het!'

Ivander klemde het zwaard weer stevig vast. Als zij het kon, moest het hem zeker lukken. Hij keek naar de blauwe gloed die van zijn zwaard af kwam. In het gevest van Ruby's zwaard schitterde een rode steen.

De regen en wind namen langzaam af. De zwarte wolken kleurden terug naar de schakeringen donkergrijs, lichtgrijs en blauw. Toen het weer helemaal droog en windstil was, scheen de zon als nooit tevoren.

'En nu?' kreunde Ivander. Zijn armen hielden het niet meer. Al het bloed leek eruit weggestroomd en ze voelden dood aan. Vragend keek hij naar Rupert. Die stond met zijn handen tegen elkaar voor zijn mond geslagen naar het meer te staren. Ivander draaide zijn hoofd om. Wat had die nu? Het meer was weer net zo glad, strak en leeg als ervoor. Hij zag niets bijzonders.

'Je moet onder de zwaarden door kijken,' fluisterde Rupert.

Ivander en Ruby bogen zich tegelijkertijd naar voren en keken onder de gekruiste zwaarden door. Aan de oever lag een oud houten bootje half op een zandstrandje getrokken. Hè? Ivander boog zich terug en keek achter de zwaarden langs opnieuw naar het meer. Niets te zien.

'De poort naar Avalon,' zei Rupert zacht. Hij maakte de uiteinden van het touw los bij de kinderen en stapte toen zelf uit de lus. Hij wees onder de gekruiste zwaarden door.

'Ik ga er als eerste doorheen,' zei hij. 'Als het veilig is, roep ik jullie. Je draait dan onder de zwaarden door naar het meer toe en pas aan de andere kant kun je de zwaarden laten zakken. Snappen jullie wat ik bedoel?'

Ivander en Ruby knikten.

'En durven jullie ook?' Ze keken elkaar aan. Ruby's wangen waren rood van opwinding.

'Komen we nog wel terug?' vroeg Ivander. Hij wilde wel heel graag onder de zwaarden doorlopen om te kijken in een wereld die ze hiervandaan niet konden zien, maar als ze nu eens niet meer terugkonden. Had hij er dan nog wel zo'n zin in?

'Wat kun jij moeilijk doen, zeg!' riep Ruby. 'We hebben de zwaarden toch om terug te keren. Wie in deze wereld krijgt er de kans om een kijkje te nemen aan de andere kant van…' Ze draaide zich om naar Rupert. 'Van wat eigenlijk?'

'Dat gaan we zo dadelijk ontdekken,' zei Rupert. Hij gaf hun beiden een bemoedigend kneepje.

'En, ga je mee?' vroeg hij aan Ivander.

Ivander voelde Ruby's ogen door zich heen branden en dat was bijna nog erger dan de onzekerheid van wat hem te wachten stond. Stel je voor dat zij met prachtige verhalen terugkwamen en als helden door de wereld werden ontvangen. Dan kwam hij bekend te staan als het schijtertje. Daar zou hij zijn hele leven en zelfs nog langer spijt van krijgen. Trouwens, hij moest wel. De ridder in hem kwam weer naar boven. Er moest toch iemand mee om een meisje en een oude man te helpen. Hij had heus wel goede ideeën. Ze konden niet eens zonder hem.

'Ik ga mee,' zei hij.

'Goed dan,' zei Rupert. 'Ik zie jullie zo aan de andere kant. Houd er wel rekening mee dat als ik daar ben en jullie mij niet achterna komen, ik zonder zwaarden waarschijnlijk nooit meer terugkan. Ik vertrouw dus op jullie. Tot zo.' Toen stapte hij in drie passen onder de gekruiste zwaarden door.

Ivander keek onder het zwaard door naar de rug van Rupert.

'En?' riep hij tegen de rug. Rupert gaf geen antwoord.

'Rupert!' riep Ruby. 'Zeg eens wat! Hoe is het daar? Kunnen we komen?'

Rupert zei nog steeds niets. Hij draaide zich om en keek om zich heen. Hij bewoog zijn mond en het zag er naar uit dat hij iets zei maar Ruby en Ivander verstonden er niets van. Hij leek in de war. Hij draaide een paar keer in het rond alsof hij iets zocht. Toen maakte hij een gebaar met zijn arm alsof hij iemand wenkte. Ruby en Ivander konden niet zien naar wie hij dat gebaar maakte. Rupert draaide zich weer een beetje en maakte het gebaar nog een keer. En nog een keer.

Ineens had Ivander het door.

'Hij kan ons niet meer zien of horen,' riep hij. 'Maar hij wenkt dat we kunnen komen. Zullen we dan maar?'

'Op drie,' zei Ruby.

'Een,' zei Ivander.

'Twee,' zei Ruby.

'Drie,' riepen ze tegelijk. Ze draaiden onder de gekruiste zwaarden door naar binnen en stonden het volgende moment naast Rupert.

'Ah gelukkig, daar zijn jullie.' Hij omhelsde hen alsof hij ze jaren niet meer had gezien.

'Ik kon jullie hiervandaan niet meer zien of horen,' zei hij. 'Ik dacht even dat jullie niet meer durfden te komen en was al bang dat ik hier mijn verdere leven alleen met dit bootje zou zijn.'

9
Avalon

Ivander zwaaide zijn armen rond, boog zijn ellebogen op en neer en maakte cirkels met zijn polsen. Het bloed begon weer te stromen. 'En nu?' vroeg hij toen het gevoel terugkwam.

'Een boottochtje over het water denk ik zo,' antwoordde Rupert. Hij legde de zwaarden op de bodem van het houten bootje.

'Zonder motor?' vroeg Ivander. Zijn ogen gleden over het grote meer.

'En zonder roeispanen,' zei Ruby.

'Ik denk dat we beide niet nodig hebben,' antwoordde Rupert. 'Klim er maar in.'

Ze liepen een stukje door het water en klommen alledrie in het bootje. Rustig dobberden ze op het meer. Ivander nam de omgeving goed in zich op. Veel verschil zag hij nog niet. Toch wist hij zeker dat ze ergens anders waren. De hoes en het touw lagen niet meer op het pad. En nu hij goed keek, zag hij dat de oever ook anders was. Hier bloeiden nog meer bloemen. Niet alleen roze en witte maar ook gele, blauwe en paarse. Het leek wel een schilderij met al die kleuren. Vlinders vlogen af en aan en landden op de bontgekleurde tere blaadjes. Bijtjes zoemden zacht, zochten naar geschikte bloemen en zogen de zoete nectar eruit. Vogels floten prachtige deuntjes. En het water was helder. Zo helder dat het leek alsof het uit de kraan thuis was gekomen. Prachtige blauwe en oranje vissen zwommen onder de boot door. Het meer leek wel een groot aquarium. Maar er was nog iets anders dat hem opviel. Er was rust. Een enorme rust. En die rust was zo mooi en zo bijzonder dat hij voor het eerst niet de behoefte had om te gaan hummen. Dit was een totaal andere stilte. Geen enge ongemakkelijke stilte maar

een ontspannen gelukkige stilte. Alle angst en onzekerheid gleed van hem af alsof hij zich van een zware jas ontdeed. Hij wist een ding zeker. Als er een paradijs bestond, moest dit het zijn.

'Mooi hè,' zei Rupert zacht.

'Schitterend,' zei Ruby.

'Kijk!' Rupert wees naar de kleiner wordende oever achter hen. 'We varen al.'

'De magische boot,' fluisterde Ruby. 'Ook die bestaat dus.'

De boot leek precies te weten waar hij heen moest. Zonder enige golf te maken sneed hij door het water. Ivander tuurde voor zich uit. Was daar iets in het midden van het meer?

'Avalon,' riep Ruby. Ze sloeg haar hand voor haar mond toen ze schrok van het geluid dat ze maakte. Zelfs de school vissen die hen vergezelden schoot als een pijl weg om daarna terug te keren.

Voor hen doemde er in het water een fris groen stuk land op. Vanuit de verte zag het er heuvelachtig uit. Het eiland werd al snel groter en groter. Er werden bomen zichtbaar en goudgele stranden. De boot moest een hoge snelheid hebben maar ze merkten er nauwelijks iets van.

Na ongeveer een kwartier minderde de boot vaart en koerste op het midden van het eiland af. Daar werden ze opgewacht door twee van de meest vreemde dieren die Ivander ooit had gezien. De rust die hij tijdens de boottocht had gevoeld was op slag weg. Zijn handen omklemden de rand van het houten bankje.

'Wat zijn dat?' fluisterde hij. De kop van de dieren leek op die van een slang en het voorste stuk van hun lijf zag eruit als een luipaard. Het achterste stuk was dat van een leeuw en de poten leken op die van een enorme haas. Hij had nog nooit zo'n vreemd mengelmoesje gezien. Hier had het paradijs toch een foutje gemaakt. Dat gevoel werd nog eens versterkt toen ze met de boot het strand op schoven en de beesten hun bek openden.

Er kwam er een geluid uit alsof er honderd hongerige honden tegelijk om voedsel vochten. Ruby klemde haar handen tegen haar oren, maar voor Ivander ook op dat slimme idee kon komen stopte het kabaal al.

'Dit zijn queestedieren,' zei Rupert. 'Als het goed is doen ze niemand kwaad.'

'Als het goed is,' mompelde Ruby. Ze bleef zitten waar ze zat en ook Rupert en Ivander bewogen zich niet.

De queestedieren draaiden zich om waardoor ze nu tegen hun achterwerk aankeken. De staarten zwiepten vriendelijk heen en weer. Daarna zakten ze door hun poten en gingen op de grond liggen.

'Ik denk dat ze willen dat we opstappen,' zei Rupert.

'Moet ik op zo'n monster?' siste Ruby. 'Dacht het niet. Straks vreten ze ons op.' Ze sloeg haar handen tegen haar oren toen de queestedieren omkeken en hun bek opnieuw openden.

'Ik geloof dat ze je verstonden,' zei Ivander. 'Je kunt maar beter wat aardigs zeggen voordat ze je straks van hun rug afslingeren.'

'Tsss,' zei Ruby. Maar daar bleef het ook bij terwijl ze de beesten angstvallig in de gaten hield.

'Durven jullie erop te klimmen?' vroeg Rupert. 'Als jullie er samen een nemen ga ik op de ander. Dan is het gewicht goed verdeeld.'

'U eerst,' zei Ruby.

Rupert klom uit het bootje, nam een zwaard mee en liep zacht pratend naar de dieren. Hun staart schoof opgewonden over de grond. Toen hij bij de achterkant van een van de dieren stond, gaf hij een vriendschappelijk klopje op zijn bil. Het beest schudde tevreden met zijn kop maar bewoog zich verder niet. Halverwege het dier zette Rupert zijn handen op de rug en stapte erop. Toen hij na wat schuiven goed zat, kwam het queestedier voorzichtig overeind. Hij keek achterom alsof hij tegen Ivander en Ruby wilde zeggen: komen-jullie-nog?

Ivander sprong met het andere zwaard in zijn hand uit de boot. Dit was gaaf. Nu die dieren zo vriendelijk bleken, wilde hij wel een ritje op hun rug maken.

'Wacht op mij,' riep Ruby. Snel kwam ze achter Ivander aan.

Ivander aaide het queestedier over zijn flank.

'Moet je voelen wat zacht.' Zijn hand gleed over het gedeelte dat eruitzag als de fluwelen huid van een luipaard. 'Hoe langer ik kijk hoe mooier ik de dieren vind. Eigenlijk zijn ze prachtig!' zei hij.

Het queestedier draaide zijn kop om en rolde een enorme tong uit waarmee hij het gezicht van Ivander likte. Het ging zo snel dat Ivander nauwelijks doorhad wat er gebeurde. Het kriebelde, dat wel. Giechelend wreef hij over zijn wang.

'Ga nu maar zitten,' snauwde Ruby. 'Straks lebbert hij mij ook nog af.'

'Dan moet je eerst wat aardiger doen,' zei Ivander. Hij pakte het dier vast en met twee handen trok hij zichzelf op het beest. Daarna greep hij de hand van Ruby en hielp haar om achter hem te gaan zitten.

'Zitten jullie goed?' vroeg Rupert.

Ruby greep Ivander om zijn middel toen het dier opstond. Ze deinden mee op zijn beweging. Het dier met Rupert erop kwam naast hen rijden. Stapvoets liepen ze het strand af maar toen ze bij de boomgrens aankwamen, maakten de dieren steeds meer vaart. Uiteindelijk sprongen ze zigzaggend als een haas door het bos. De wind waaide door Ivanders haar en de bomen flitsten aan alle kanten voorbij. Dit was zo gaaf! Dan lag Rupert voor en dan zij, maar na een kwartier gingen ze terug naar stapvoets.

Even later kwamen ze bij een open vlakte. In het midden zakten de dieren op de grond.

Verbaasd keek Ivander om zich heen.

'Waarom stoppen ze?' vroeg hij.

'Ik denk dat we er zijn,' antwoordde Rupert. Hij liet zich van de rug van het dier glijden.

'Gelukkig,' riep Ruby. Ze sprong van het dier en landde in het zand.

'Maar waar zijn we dan?' vroeg Ivander. In de hele omgeving was niets te zien. Alleen een kale vlakte en daaromheen een dichtbegroeid bos. Toen hij afgestapt was, ging het queestedier weer staan. Hij duwde met zijn kop tegen Ivanders rug.

'Wat wil je nou?' vroeg Ivander. Het queestedier liep langs hem heen en keek achterom alsof hij wilde controleren dat Ivander hem volgde.

'Gaan jullie mee?' vroeg Ivander. Het was wel leuk dat het dier hem kennelijk ergens naartoe wilde brengen, maar hij had niet zoveel zin om alleen achter hem aan te gaan.

Het queestedier liep een aantal meters en bleef toen wachten. Hij schudde zijn kop en draaide hem naar rechts. Daarna rolde hij zijn tong uit alsof hij de richting aangaf. Ivander trok zijn wenkbrauwen op.

'Zien jullie iets?' vroeg hij.

'Lucht,' zei Ruby. 'Maar dat bedoel je zeker niet.'

'Ja! Dat is het wel!' riep Rupert. 'Nu snap ik het!' Hij ging naast het queestedier staan en strekte zijn armen naar voren als een blinde die zijn weg zoekt en nergens tegenaan wil lopen.

'Wat heeft hij nou?' vroeg Ruby.

Plotseling bleef Rupert stilstaan. Hij hield zijn handen plat naar voren. 'Hier is het!' zei hij. Met zijn handen tastte hij een onzicht-bare muur af. Van links naar rechts, van boven naar beneden. 'Het glazen huis,' mompelde hij. 'Nu de opening nog vinden, als die er is.' Rupert leek wel een pantomimespeler zoals hij met zijn handen bewoog.

Het queestedier liep naar Rupert. Hij duwde zijn snuit tegen Ruperts rechterzij. Voetje voor voetje schuifelde Rupert opzij tot het queestedier zijn neus tegen de rug van Rupert zette en duwde. Twee tellen later was Rupert verdwenen.

'Rupert!' riep Ruby. 'Waar ben je?'

Ze greep Ivander vast en keek boos naar het queestedier. 'Waar heb je hem gelaten!' riep ze.

Ook Ivander keek paniekerig om zich heen. Wat gebeurde er alle-maal?

'Ik ben hier,' zei Rupert. 'Niet bang zijn.' Zijn stem klonk vlakbij maar hij was nergens te zien.

'Kun jij ons wel zien?' vroeg Ivander.

'Ja, kom maar snel. Het is hier prachtig!'

'Hoe?' vroeg Ruby.

'Als jullie een stukje naar voren lopen met je armen gestrekt en je handen plat dan voel je een soort muur. Probeer het maar.'

'Wow,' riep Ivander toen hij de muur voelde. Het leek wel een spons, zo zacht. 'Houd mij maar vast,' zei hij tegen Ruby. 'Dan gaan we samen.'

'Nu vier stappen naar links,' zei Rupert.

'Hé, de muur is weg,' zei Ivander.

'Dan kun je nu naar voren stappen,' zei Rupert. Ivander pakte Ruby's hand en samen deden ze een grote stap naar voren. Daar stond Rupert in een enorme hal, ijsblauw van kleur. Het zag er ijs- en ijskoud uit maar het dat was het niet. Helemaal niet zelfs. De hoge wanden glinsterden en schitterden in het zonlicht dat gewoon naar binnen scheen. Aan beiden zijden stonden enorme sculpturen opgesteld van bekende en onbekende dieren. Ze zagen er net zo mooi glimmend en blauw uit als de rest van de omgeving en waren zo goed nagemaakt dat het leek of ze leefden. Aan het eind van de hal liep een brede diepblauwe trap naar boven.

Ivander schudde zijn hoofd alsof hij het niet kon geloven. Waar waren ze?

10
Merlijn

'Waar zijn we?' vroeg Ruby.

'In het glazen huis van Merlijn,' antwoordde Rupert. Hij streelde de glanzende rug van een rendier waar hij naast stond. 'Hij is hier naartoe verbannen door een van zijn beste leerlingen.'

Ivander hoorde maar half wat Rupert vertelde. Zag hij het nu goed en knipperde het rendier met zijn ogen? Hij deed een stapje dichterbij. Nee, hij moest zich vergist hebben. De ijsblauwe ogen keken hem nog steeds strak aan. Hij stak zijn hand uit naar het dier en streelde het over zijn rug. Het voelde glad aan.

'Maar dan is Merlijn hier ook,' zei Ruby. 'Waarom komt hij ons niet ophalen?'

'Misschien dat we dat zo uitvinden,' zei Rupert. Hij liep de gang door richting de trap. 'Gaan jullie mee?'

Met tegenzin liet Ivander het dier los. Zoiets moois had hij nog nooit gezien. Aarzelend liep hij achter Rupert en Ruby aan. Bij de trap keek hij nog een keer om. Wat was dit nu! Het rendier had zijn kop een stuk gedraaid en keek hem na. Dit kon gewoon niet waar zijn. Of zou het soms net als bij sommige schilderijen zijn? Daarbij leek het ook of de geschilderde persoon je de hele tijd aankeek of je nu links, rechts of voor hem stond.

'Kom je nog?' riep Ruby. Ze draaide zich halverwege de trap om. Ivander rende achter hen aan.

Boven kwamen ze in een lange gang met aan het eind een deur. Ook hier had alles verschillende blauwe tinten. Ivander duwde zacht tegen de deur die langzaam openzwaaide. Rupert en Ruby kwamen naast hem staan. In de kamer tegen de achterwand stond een groot ijsblauw bed. Op dat bed lag een man, gekleed in een lange versleten en gerafelde vale blauwe cape. Hier en daar kon je nog de sporen van gouden borduursels herkennen maar de glans en status die deze cape voorheen moest hebben gehad, waren al lang geleden verloren gegaan. Zijn gezicht leek op de schors van een eeuwenoude boom en zijn grijze baard hing half naast het bed. Traag bewoog zijn borstkas. Zijn ogen waren gesloten maar hij wist kennelijk toch dat er bezoek was. Langzaam hief hij zijn linkerhand omhoog en wenkte hen dichterbij te komen. Toen ze bij zijn bed stonden, draaide de man zijn hoofd naar hen toe. Hij opende zijn ogen. Zijn gebarsten lippen bewogen maar er kwam geen geluid uit. Rupert boog zich naar het tafeltje naast het bed en pakte een ijsblauw glas waar water in zat. Hij hielp de man een stukje omhoog en goot wat vocht in zijn mond. De man knikte en ging met een zucht weer liggen.

'Welkom Rupert, Ivander en Ruby,' zei hij met zachte stem. 'Wat ben ik blij dat jullie de zwaarden hebben gevonden en hiernaartoe zijn gekomen.'

Ivanders ogen rolden zowat uit zijn hoofd. Hoe wist hij wie ze waren?

'Bent u Merlijn?' fluisterde Ruby.

De man knikte.

'Bent u ziek?' vroeg Ivander.

Merlijn knikte opnieuw.

'Maar u bent toch een tovenaar,' zei Ruby. 'Kunt u zichzelf niet beter maken?'

Merlijn schudde zijn hoofd. 'Mijn krachten nemen steeds verder af. En om jullie hier te krijgen heb ik veel moeten inleveren.' Een zwakke glimlach kroop rond zijn mond. 'Maar mijn inspanning is niet voor niets geweest,' fluisterde hij. 'Het was niet gemakkelijk maar jullie hebben mijn aanwijzingen gevonden en begrepen.' Hij sloot zijn ogen. 'De Excalibur, het boek, Glastonbury Gate...'

Ivanders mond viel open. Het waren dus helemaal geen toevalligheden. Merlijn had overal een sturende hand in gehad. Ongelofelijk. Hij was echt goed!

'Ik hoop dan ook dat jullie mij verder kunnen helpen mijn oude krachten terug te geven,' zei Merlijn. Hij zuchtte. 'Mijn laatste mogelijkheid om te overleven.'

'Wij helpen?' vroeg Ruby. 'Wij kunnen niet toveren.'

Merlijn glimlachte zwakjes. 'Dat hoeft ook niet.'

'Waarom wij?' vroeg Ivander.

'Omdat jullie durven te geloven in legendes,' antwoordde Merlijn. 'Iedereen in de buurt van het meer heeft de lichtflitsen kunnen zien. Alleen jullie gingen op onderzoek en vonden de Rubilacxe.'

'Maar wat kunnen wij doen?' vroeg Ivander. 'We zijn geen dokter. Kan Koning Arthur niet helpen? Tenminste... als hij nog leeft.'

Rupert en Ruby hielden hun adem in, net als Ivander. Dat hij dat zomaar durfde te vragen.

Merlijn zuchtte. Zijn borstkas bewoog zwaar op en neer. Rupert bracht het glas water naar Merlijns lippen en schudde zijn hoofd toen Ruby opnieuw een vraag wilde stellen.

Ivander zag in een hoek vier blauwe blokken staan. Merlijn had vast nog veel te vertellen en dat kon nog wel even duren gezien zijn conditie. Hij liep naar de kubussen en tilde er een op. Het woog niets en zijn handen verdwenen in het zachte materiaal. Wat een vreemd spul was het toch. Hij zette de eerste kubus voor Ruby neer en haalde toen nog twee andere.

Ruby was ondertussen op de eerste kubus gaan zitten. Ze nestelde zich in het materiaal waarna het zich naar haar lichaam vormde. Van achteren kwam er een rugleuning omhoog en aan de zijkanten verschenen twee armleuningen. Ze duwde haar rug tegen de achterkant waarna de leuning zich naar achteren in slaapstand bewoog. 'Die stoel leeft!' riep ze.

Merlijn knikte. 'Het is lucht. En lucht is leven.' Hij sloot zijn ogen. Ze lagen diep in hun kassen verzonken. 'Gek genoeg zit ik te midden van het leven en toch ga ik dood als ik niet snel uit dit huis kom,' mompelde hij.

'Bestaat dit huis en alles erin echt alleen uit lucht?' vroeg Ivander.

'Bevroren lucht,' antwoordde Merlijn. 'Een gevangenis voor mij. Een cadeautje als dank van een van mijn beste leerlingen die mij hiernaartoe heeft verbannen. Zo kon ze haar eigen gang gaan en de beste worden zonder last van mij te hebben. Ik kan hier pas uit als Koning Arthur de Excalibur opnieuw herenigt met de schede. Dan krijg ik mijn oude krachten terug.'

'Dus hij leeft nog!' riep Ruby.

Het bleef even stil. Merlijn was zo druk bezig om adem te halen dat Ivander het er zelf benauwd van kreeg. Zoals de oude magiër er nu bij lag kon hij zich niet voorstellen dat hij ooit nog beter werd.

Merlijn knikte.

'En nu wilt u dat wij Koning Arthur mee terugnemen naar onze wereld om de schede te zoeken?' vroeg Rupert na een poosje.

Ivander durfde niet door te ademen. Was dat mogelijk?

'Nee,' antwoordde Merlijn. 'Koning Arthur is nog bezig met zijn herstel.' Zijn stem werd steeds zachter en ze moesten zich alledrie voorover buigen om nog iets te verstaan. 'De schede is in het bezit van de koninklijke familie. Dat weet bijna niemand. Jullie moeten de schede halen en hiernaartoe brengen.'

Merlijn pauzeerde opnieuw en had alle aandacht nodig voor zijn ademhaling.

'Ik denk niet dat ze die zomaar zullen afgeven,' zei Ruby.

Afwachtend keken ze Merlijn aan. 'Het moet!' zei hij. 'Mijn lot en het lot van de wereld ligt in jullie handen. Want zonder mij zal Koning Arthur nooit terugkeren als de nood het hoogst is. Vind een manier!' Hij sloot zijn ogen. Met een allerlaatste inspanning zei hij: 'Ga nu!'

Hij zuchtte heel diep. Alsof het vanuit zijn tenen kwam. Daarna bleef het stil.

Met wijd opengesperde ogen keken ze hem aan. Ivander kon zijn ogen niet van de borstkas van Merlijn afhouden. Bewoog die nog? Hij kon het niet zien.

'Is hij dood?' fluisterde Ruby.

Rupert hield zijn hand onder de neus van Merlijn. En even later pakte hij zijn pols beet.

'Het is niet veel meer, maar hij leeft nog. Als we de grote magiër en de toekomst van de wereld nog willen redden, kunnen we maar beter gaan.'

II
De terugtocht

Als in een droom verlieten ze Merlijns huis. Ivander had geen enkele aandacht meer voor de mooie diersculpturen, Rupert liep in gedachten verzonken en zelfs Ruby was stil. Zonder commentaar stapte ze bij Ivander achter op een van de queestedieren. Ivander keek nog een keer om. Wat bizar. Het hele glazen huis was verdwenen. Alleen de kale vlakte met verderop de bosrand was zichtbaar. Hadden ze Merlijn zojuist wel ontmoet en had hij hun die onmogelijke opdracht gegeven? Want een onmogelijke opdracht was het. Hoe moesten zij aan de schede komen? Die lag vast in de meest beveiligde kluis van Engeland samen met alle andere kroonjuwelen van de koningin. Die konden ze echt niet 'even lenen' zoals de Excalibur. En de koningin zou hem ook vast niet geven als ze erom vroegen. Hoewel... Zou de koningin eigenlijk in Koning Arthur geloven? Stamde ze van hem af? Hij schudde zijn hoofd. Te veel vragen. Te weinig antwoorden. Dit moesten ze allemaal maar uitzoeken als ze weer thuis waren. Tenminste, als ze nog terugkwamen...

De queestedieren brachten hen in elk geval vlot naar de plek waar de magische boot lag dus dat zag er veelbelovend uit. De boot bracht hen terug naar de rand van het moeras. Ivander en Ruby stapten uit, kruisten de zwaarden en zetten zich schrap voor het noodweer. Maar dat bleef dit keer uit. Wel werd het aardedonker en voor een volle minuut zagen ze niets. Zelfs elkaar niet. Daarna werd het langzaam licht. Toen ze onder de zwaarden doorkeken zagen ze op het pad de gitaarhoes en het touw.

Opgelucht haalde Ivander adem. Rupert liep als eerste onder de zwaarden door en daarna keerden Ivander en Ruby tegelijkertijd terug. In hun eigen wereld verloren de zwaarden langzaam hun glans. Roest kwam ervoor in de plaats.

Voorzichtig borgen ze de Excalibur op in de hoes met daarop een laag stro. Ivander rolde het touw op en legde het op het stro. Daarop kwam de Rubilacxe en nog een laag stro. Nadat hij de hoes had dichtgeritst draaide hij zich om en staarde over het meer. Hoe was het mogelijk dat ze zojuist op een nu verdwenen eiland waren geweest en met iemand hadden gesproken die daar al 1500 jaar woonde. De grens van werkelijkheid en fantasie wrong zich als een spiraal in elkaar. Ook al maakte hij zelf alles mee, veel dingen bleven moeilijk te geloven omdat het eigenlijk allemaal niet kon. Waren de legendes over Koning Arthur daarom zo hardnekkig? Volgens Merlijn durfden zij ergens in te geloven, waren ze nieuwsgierig en moedig genoeg. Daarom waren juist zij uitgekozen om naar hem toe te komen en om hem en dus ook Koning Arthur te helpen. Koning Arthur die ooit terug zou komen om de wereld te redden. Maar wat verwachtte Merlijn eigenlijk? Dacht hij werkelijk dat Koning Arthur voor een volmaakte samenleving met blijvende vrede kon zorgen, zoals het in alle boeken beschreven stond. Ivander geloofde er niet zo in. Het was wat iedereen wilde, maar wat niemand lukte. Overal waren er nog oorlogen en op heel veel plaatsen was er nog armoede. Hij kon zich niet voorstellen dat één man daar verandering in kon brengen. Hoe goed hij vroeger ook geweest was. Daar had hij toch de hulp van meer mensen voor nodig. En al die trouwe ridders die Koning Arthur vroeger overal naartoe volgden en die voor hem vochten, waren er niet meer. Of moest hij soms een nieuw leger zoeken en opbouwen? Ivander voelde zijn wangen langzaam gloeien. Zou er een plaats voor hem zelf zijn in dat nieuwe leger? Kon hij een van de nieuwe ridders van Koning Arthur worden? Opeens kon hij niet meer wachten om de schede te gaan halen. Zonder Merlijn zou Koning Arthur het zeker niet redden en Merlijn had niet veel tijd over.

'Kom, we moeten opschieten,' zei hij en hij begon het pad af te lopen.

'We zijn er,' riep hij na een uur over zijn schouder. 'We kunnen eindelijk zitten.'

Hij keek weer voor zich en bleef toen stokstijf staan. Rupert en Ruby botsten tegen hem op.

'Loop eens door,' mopperde Ruby. Ze wilde zich langs Ivander heen wurmen maar hij hield haar tegen. Hij had het dus toch goed gezien op de heenweg.

'Wat is er nou?' gromde Ruby.

Ivander knikte richting Ruperts auto. Er stond een ouderwetse blauwe auto naast.

Snel keek hij achterom of ze zich nog konden verstoppen maar het was al te laat. Lord Waldon stapte uit, liep naar de achterkant en ging nonchalant tegen de auto aan staan met zijn armen over elkaar.

'Gewoon doorlopen,' fluisterde Rupert. 'Als we nu rechtsomkeert maken is het alleen maar verdachter.'

'Maar de zwaarden,' fluisterde Ivander.

'Die zitten veilig opgeborgen in de gitaarhoes. We doen niets strafbaars dus die hoes blijft gewoon dicht.'

Hij liep langs Ivander naar zijn auto.

'Goedemiddag,' zei hij toen hij voorbijliep. 'Is het toeval dat ik u weer tref?'

Lord Waldon haalde zijn armen van elkaar. Zijn ogen gleden even langs Ruby en Ivander.

'Ik dacht dat ik mijn kaartje aan u had gegeven,' zei hij op beschuldigende toon.

'Dat klopt,' antwoordde Rupert. 'Wilt u het terug?'

Ivander had moeite om niet te giechelen, maar dat kon ook door de zenuwen komen.

'Zou u niet bellen als deze twee kinderen bij u op de stoep zouden staan?' Lord Waldon knikte naar Ivander en Ruby.

Rupert haalde zijn schouders op. 'Ik geloof niet dat ik dat gezegd heb.' Hij haalde het autosleuteltje uit zijn broekzak en opende het portier.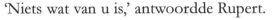
Ivander kwam naast Rupert staan.
'Wat zit er in die gitaarhoes?' vroeg Lord Waldon.
'Niets wat van u is,' antwoordde Rupert.
Ivander beet op zijn lip en ook Ruby keek ineens de andere kant op.
'Dat betwijfel ik,' zei Lord Waldon. Hij stak zijn hand uit naar de hoes.
'Afblijven,' zei Rupert. 'Je hebt daar niets te zoeken.'
'Wel als er iets van mij in zit,' antwoordde Lord Waldon scherp. 'Nou, kom op met die gitaarhoes!' Hij pakte het hengsel vast en trok de hoes met Ruby naar zich toe.
Rupert trok Ruby terug en duwde haar daarna richting de achterbank. Maar Lord Waldon weigerde om de gitaarhoes zomaar te laten gaan. Zijn hand graaide opzij en het volgende moment scheurde er iets. Naast de rits klapte er een stuk van de stoffen hoes open. De Rubilacxe kletterde op de grond en brak in drieën. Stukken stro dwarrelden eromheen en vielen erop en ernaast.
Rupert, Ivander en Ruby hielden alledrie tegelijk hun adem in. Lord Waldon staarde naar de brokstukken. 'Wat is dat?'
'Wat wàs dat, kun je beter vragen,' antwoordde Rupert. Hij draaide zich om en prikte op elke klemtoon met zijn wijsvinger tegen de schouder van Lord Waldon.
'Het-wàs-een-zwaard.'
'Van ons.' Hij spuugde de woorden zowat letter voor letter uit.
'Wat niet verboden is om in bezit te hebben.' Nog botter werd zijn stem.
'We mogen er zelfs mee over straat lopen zolang hij maar goed ver-

pakt is en niet direct voor gebruik geschikt. Ik geloof dat we daar wel aan voldeden totdat jij met je tengels aan onze spullen zat.' Hij bukte en raapte de losse delen voorzichtig van de grond. Roest brokkelde af en kleurde zijn handen oranjebruin.

'Nu hoeven we het niet eens meer te verpakken want met drie delen kun je het nauwelijks nog een zwaard noemen,' mompelde hij.

Lord Waldons gezicht was zo grauw als een regenachtige dag. 'Was dit de Excalibur?'

Rupert snoof luidruchtig.

'Dus hij bestaat echt?' vroeg Lord Waldon.

'Kijk nu eens goed,' zei Rupert. 'Ziet dit eruit als het blinkend met juwelen versierd zwaard?' Hij bracht zijn handen naar zijn mond en blies tegen de stukken. Een wolk van roest kwam in Lord Waldons gezicht.

Lord Waldon bleef het antwoord schuldig. Hoestend en proestend probeerde hij het oranjebruine spul van zijn zwarte pak af te slaan. Het gaf lelijke vlekken.

Rupert duwde Ruby met de hoes de auto in en legde de stukken voorzichtig terug op het stro. Snel sloeg Ruby de hoes dicht en klemde haar hand eromheen. Rupert deed het portier dicht en kroop achter het stuur. Ivander rende om de auto en ging naast hem zitten. Toen de motor aansloeg, gaf Rupert zoveel gas dat het grind van onder zijn auto tegen Lord Waldon aan spoot toen hij wegreed.

12
Terug naar huis

Alleen het geluid van de brullende motor was hoorbaar in de auto op weg terug naar huis. Rupert hield zijn ogen strak op het verkeer gericht. Hij schakelde snel en schoot andere auto's rechts en links voorbij. Ruby omklemde de gitaarhoes alsof haar leven er vanaf hing. Ivander humde een onherkenbaar deuntje en tikte met zijn voet op de grond. Hij kon wel raden waar Rupert en Ruby mee zaten. Hetzelfde waar hij mee zat. En dat waren de brokstukken in de gitaarhoes. Hun poort naar Avalon. De poort voor Merlijn naar nieuw leven. De poort voor Koning Arthur naar hun wereld. De Rubilacxe was kapot. En daardoor was alles voorbij. De terugkeer van Arthur die ooit misschien voor een betere wereld had kunnen zorgen was nu echt verleden tijd. En dat allemaal door zo'n sukkel van een Lord Waldon.

Ivanders voet tikte harder en sneller. Het had nu ook geen enkele zin meer om de schede in handen te krijgen. Want hoe moesten ze naar Avalon? Naar Merlijn? Hoe konden ze hem nog redden?

Ivander keek opzij. De snelheidsmeter liep steeds verder op en Rupert bestuurde de auto alsof hij op een raceparcours zat. Een rood autootje doemde voor hen op. Rupert gaf een ruk aan het stuur en kon hem op een haar na ontwijken. De bestuurder toeterde en hief woedend zijn vuist op. Ter verduidelijking wees hij daarna met zijn wijsvinger op zijn voorhoofd. Het zag er niet erg aardig uit en het was voldoende om Rupert weer een beetje bij zinnen te laten komen. Hij liet het gas los en minderde vaart. Een stuk rustiger schoof hij tussen het andere verkeer en reed met de stroom mee.

'Wat moeten we nu?' vroeg Ivander. Zijn voet stopte met tikken.

'Eerst maar eens wat rustiger worden,' zei Rupert. Hij schudde zijn hoofd en keek even in zijn spiegel naar Ruby. 'Waar ik mee bezig was heeft geen enkele zin. Straks liggen wij ook in drie stukken.'

'Denk je dat het zwaard nog gerepareerd kan worden?' vroeg Ruby met een klein stemmetje.

Rupert gaf geen antwoord.

'Hoe wist Lord Waldon trouwens waar we waren?' vroeg ze.

'Hij heeft ons gevolgd,' zei Ivander zacht. 'Ik dacht zijn auto op de heenreis al een paar keer te hebben gezien, maar hoopte het me te verbeelden. In het moeras is hij ons denk ik kwijt geraakt en heeft ons toen maar opgewacht.'

Rupert remde nog verder af en rustig gleden ze het dorp binnen. Voor het hotel van Ruby's ouders stopte hij.

'Laat de zwaarden maar liggen,' zei hij. 'Jullie zouden maar moeilijke vragen krijgen. Kom morgen naar mijn winkel toe. Dan overleggen we verder.'

'En de schede?'

'Dat heeft geen zin zolang het zwaard niet heel is.'

Timide stapten ze uit de auto. Na een laatste groet reed Rupert weg.

'Èn waar heb jij gezeten?' Ivanders vader zat aan de bar en keek met een gezicht als een oorwurm op zijn horloge. 'Je bent al weg vanaf vanmorgen negen uur.'

'Jij moest toch werken,' mompelde Ivander. Hij had geen moment gedacht dat zijn vader hem zou missen.

'Dat houdt niet in dat jij je dan niet om de zoveel tijd even bij me moet melden,' zei zijn vader. 'We begonnen ons behoorlijk zorgen te maken.'

Ivander geloofde er niets van. Als zijn vader met zijn werk bezig was, vergat hij heel het leven om zich heen. Dit zei hij alleen maar om zichzelf een houding te geven tegenover Ruby's vader.

Ruby's vader stond achter de bar en keek zijn dochter met opgetrokken wenkbrauwen aan. 'Nou, krijgen we nog een antwoord, jongedame? Ik vermoed dat jij hier iets mee te maken hebt.'

Ze haalde haar schouders op alsof ze wilde zeggen dat hij zich niet zo druk moest maken. 'We zijn bij Rupert geweest.'

'Ach, de oude dorpsgek,' zei haar vader. Hij draaide zich naar Ivanders vader. 'Dat is de Koning Arthur specialist over wie ik je vertelde. Heel handig voor mij hoor, toen ik dit hotel wilde opzetten, maar hij is wel een beetje doorgedraaid. Hij gelooft werkelijk in het bestaan van die man. Dat is op zich niet zo vreemd maar hij is ervan overtuigd dat Koning Arthur op een dag nog eens zal terugkeren.' Hij lachte en schudde zijn hoofd. 'Alsof deze wereld op een ridder te paard zit te wachten.' Hij pakte het lege bierglas van de bar, vulde hem aan de tap en zette hem voor Ivanders vader terug.

'En wat heeft Rupert jullie wijsgemaakt?' vroeg hij toen hij een biertje voor zichzelf tapte en twee cola's voor Ivander en Ruby inschonk. 'Dat de Vrouwe van het Meer de Excalibur aan hem heeft gegeven?'

Ivanders vader grinnikte. 'Is de Vrouwe van het Meer ook echt?' Hij deed alsof hij verbaasd was.

Ivander was gelijk op zijn hoede.

Zijn vader begon nog harder te lachen. 'Net zo echt als de ronde tafel in onze kamer?' Hij kroelde Ivander door zijn haar. 'Daar had ik je toch mooi even te pakken hè.'

Au! Dat deed zeer bij Ivander. Had zijn vader soms te veel bier op? Dan dachten volwassenen altijd dat ze grappig waren.

'Oh, zeker bestaat ze,' zei Ruby's vader. Hij pakte een theedoek en begon de bar te poetsen. 'Mijn eigen Ruby heeft haar twee nachten terug nog gezien met de Excalibur in haar hand.' Hij knipoogde jolig richting Ruby. 'Is dat geen ongelofelijk verhaal?'

'Wat je zegt,' zei Ivanders vader. 'Het is 's nachts maar druk op het water. Diezelfde nacht heeft mijn Ivander er namelijk een monster gezien. Vind je dàt geen ongelofelijk verhaal?' Hij trok Ivander even tegen zich aan.

'Ach, het is maar waar je in gelooft,' zei Ruby's vader.

Ivander keek met een schuin oog naar Ruby. Haar ogen glinsterden gevaarlijk en de stoom kwam bijna uit haar oren. Ze had maar weinig meer nodig of ze zou ontploffen. Erger nog, ze had niets meer nodig.

'Precies!' brieste ze. 'Maar omdat jullie nergens in geloven onderzoeken jullie ook niets. Daardoor komen jullie ook nergens en maak je niets mee!' Ze zette haar handen in haar zij. 'Wij wel. En weten jullie waarom? Wij geloven er wèl in. Daardoor hebben wij de zwaarden, zijn wij op het eiland Avalon geweest en hebben wij Merlijn de magiër ontmoet!'

Het biertje van Ivanders vader bleef ergens halverwege onderweg naar zijn mond in de lucht hangen. Ruby's vader stopte met het poetsen van de bar. Alleen het tikken van de klok was duidelijk hoorbaar.

Een paar tellen later klonk er een lachsalvo.

'Ik trapte er bijna in!' riep Ivanders vader.

'Is het geen toneelspeelster!' riep Ruby's vader.

Ruby stampvoette. 'Waarom geloven jullie ons niet!'

'Ze speelt geen toneel!' riep Ivander. 'Het is de waarheid!'

Het werd opnieuw stil.

'Jongens, denken jullie niet dat je te lang in de winkel van Rupert bent geweest waardoor je al die gekke ideeën in je hoofd krijgt?' Ruby's vader legde de theedoek geschrokken neer en keek zijn dochter bezorgd aan. 'Het zijn mooie verhalen maar daar blijft het ook bij.'

'Ivander, jij weet toch ook dat legendes verzonnen verhalen zijn?' zei zijn vader. 'En niet echt gebeurd.'

Ivander boog zijn hoofd. 'Wel als je erin gelooft,' mompelde hij tegen de vloer. 'Dan wordt het vanzelf waar.'

Zijn vader zuchtte. 'Weet je wat. Laten we er maar over ophouden. Ik ben blij dat je weer thuis bent. Morgen neem ik een dag vrij. Dan gaan we gezellig naar Londen om het een en ander te bekijken. En als Ruby mee wil en mee mag, vind ik dat natuurlijk prima. Vinden jullie dat leuk?'

'We kunnen niet,' antwoordde Ivander. 'We hebben met Rupert afgesproken.'

'Het lijkt me niet zo verstandig om daar nog een keer naartoe te gaan,' zei Ruby's vader.

'Maar…' riep Ivander.

Ruby schopte hem tegen zijn scheen en schudde haar hoofd.

'Londen lijkt me heel leuk. Mag ik mee?' vroeg ze aan haar vader.

Ivander opende zijn mond maar sloot hem toen weer. Wat had zij ineens?

13
De Toren van Londen

'Is er nog iets speciaals wat jullie willen zien?' vroeg Ivanders vader de volgende dag in de trein op weg naar Londen.

'De Tower of London,' riepen ze tegelijk.

'Heel goed,' zei hij tevreden. 'Daar is voldoende te zien en we kunnen er wel een poosje rondkijken.' Hij leek niet bijzonder verrast door hun keuze.

Ivander grijnsde. Ruby had hem gisteren snel duidelijk gemaakt dat de schede van Koning Arthur waarschijnlijk daar werd bewaard. Een mooiere gelegenheid om zo dicht in de buurt te komen kwam er vast niet. Zou Merlijn toch nog een sturende hand hebben? Had hij weer wat krachten opgedaan toen zij vertrokken waren? In dat geval konden ze hem zeker niet in de steek laten en moesten ze op zijn minst proberen de schede te pakken te krijgen. Het enige vervelende was dat ze geen idee hadden of het zwaard nog te repareren was. Want als dat niet lukte had de schede ook geen zin. Hij staarde uit het raam en zag het groene glooiende landschap aan zich voorbijtrekken. Nog een uurtje, en ze waren in Londen.

Over een enorme brug over de rivier de Theems liepen ze naar de overkant richting de Tower of London.

'Wat groot!' riep Ruby.

'Ja, maar dat is ook niet zo gek,' vertelde Ivanders vader. 'Ze zijn al begonnen met bouwen in 1078. En sindsdien is het alleen maar groter geworden. Eerst was het een fort om de vijand tegen te houden. Daarna werd het een gevangenis en executieplaats. Hier hebben heel wat onthoofdingen van hooggeplaatste personen plaatsge-

vonden. Brrr, je moet er toch niet aan denken dat je in die tijd leef-
de. Zo barbaars.'
'Het lijkt me wel leuk om het voor heel even eens mee te maken,'
zei Ivander.
'Mij ook,' zei Ruby.
Ivanders vader keek hen aan met een jullie-zijn-niet-wijs blik en vertelde verder. 'Na die periode werd dit een opslag voor wapens, een
koninklijk paleis en nu is het een museum waarin harnassen en
wapens te zien zijn. Echt wat voor jou, Ivander. En sinds de zeven-
tiende eeuw worden hier ook de kroonjuwelen van het koninklijk
huis bewaard. Ik ben benieuwd of wij die vandaag ook nog kunnen
bezichtigen.'
'Ik hoop het,' mompelden Ruby en Ivander tegelijk.
'En weet je dat er een heel leuke legende bestaat die nog steeds
levend wordt gehouden,' ging Ivanders vader enthousiast verder.
'Kijk!' Hij wees naar een aantal grote zwarte vogels op een muur. 'Al
sinds 1660 worden hier raven op het terrein gehouden. De toenma-
lige koning werd namelijk gewaarschuwd dat zijn koninkrijk ten val
zou komen, als de raven de Tower zou verlaten. Daarom gaf hij
opdracht om altijd een groep raven binnen de Tower te houden. En
sinds die tijd gebeurt dat ook. Om het voor elkaar te krijgen wordt
een van de vleugels afgeknipt waardoor de vogels instabiel worden
en alleen nog maar kleine stukken kunnen vliegen. Zo zullen ze dus
nooit buiten de muren gaan. Bijzonder hè? Je moet je voorstellen
dat de mensen vroeger heel gevoelig waren voor dit soort verhalen.'
'Vroeger,' zei Ruby.
Ivanders vader knikte 'Natuurlijk, niemand gelooft zoiets nu toch
meer?'
'Waarom houden ze die vogels met een afgeknipte vleugel dan nog
steeds hier?' vroeg Ruby.
'Uh…' Er viel een stilte. Toen schudde Ivanders vader zijn hoofd
alsof het voor hem helemaal geen vraagstuk was. 'Voor de toeristen
natuurlijk.'

'En mensen vinden het zomaar goed dat daar vogels voor worden verminkt,' riep ze uit. 'Belachelijk!'

'Uh… dat eh…' stotterde Ivanders vader. 'De oudste raaf is vierenveertig jaar geworden,' zei hij snel. 'Hij heeft er dus niet echt onder geleden.'

Ruby snoof. 'Ik denk dat de koningin gewoon gelooft in de legende omdat het de waarheid is. En dat zij daarom niet wil dat de raven weggaan. Want dan zou haar koninkrijk overgenomen worden.'

'Misschien is dat het wel,' zei Ivanders vader. Vlug liep hij naar de ingang. 'Ik ga alvast kaartjes kopen,' riep hij over zijn schouder.

Ivander grinnikte. 'Had je hem mooi even te pakken.'

Een poosje later keken ze in het museum naar de mooie harnassen en wapens. Ivander was weer helemaal in een andere wereld en kon er geen genoeg van krijgen. De hele militaire geschiedenis stond hier uitgestald. Hij zag zichzelf al galopperend op een paard door de groene heuvels met een zwaard om zijn middel. Hij wist het zeker. Hij zou een heel goede en trouwe ridder zijn geweest. Hij drukte zijn neus tegen een vitrine en bekeek een glimmend zwaard. Het was ongeveer net zo groot als de Excalibur. Hij hoopte toch zo dat hij Koning Arthur kon helpen als hij terugkwam. Dat hij een van zijn ridders mocht worden.

'Kon je hem naar vasthouden hè,' zei zijn vader. 'Dan weet je hoe het voelt.'

'Zwaar,' antwoordde Ivander. 'Heel zwaar.'

Hij slenterde verder langs de vitrines op zoek naar schedes. De schede van Koning Arthur zou hier wel niet tussen staan maar je wist maar nooit.

'Zullen we verder gaan?' vroeg Ruby. Ongeduldig wachtte ze aan het eind van de zaal op Ivander en zijn vader. 'Ik wil de kroonjuwelen zien.'

'Ik weet niet of we daar wel naartoe moeten gaan,' zei Ivanders vader. 'Er is een enorme wachttijd voor. Zullen we kijken of we in plaats daarvan iets anders kunnen doen? Er zijn nog heel veel andere leuke dingen in Londen.'

'Nee,' riep Ivander.

'Ik vind het niet erg om te wachten,' riep Ruby. 'En jullie hebben je zwaarden al bekeken.'

'Aha. Als meisje heb je natuurlijk meer interesse in sieraden en juwelen,' zei Ivanders vader glimlachend.

'Precies,' zei Ruby. Ze glimlachte terug. 'Mijn naam betekent niet voor niets robijn. Een van de mooiste edelstenen in de wereld.'

'In dat geval moeten we maar alvast in de rij gaan staan.'

Het viel nog mee en na een half uur waren ze binnen in een zwaar beveiligde ruimte.

In het midden stond een glazen vitrinekast. Kettingen hielden de bezoekers op gepaste afstand en in elke hoek hingen camera's die de hele ruimte in de gaten hielden. Er liepen wel vijf gewapende mannen rond.

Ivander en Ruby stonden vooraan. In de vitrine stond een aantal kubussen van verschillende hoogten naast elkaar opgesteld. Op de kubussen lagen zacht fluwelen kussens met daarop verschillende voorwerpen. In het midden, op de hoogste kubus stond een gouden kroon bezet met edelstenen. Op de kussens ernaast diademen met glinsterende juwelen en scepters. Dat waren een soort toverstafjes. Alle voorwerpen waren van de koninklijke familie en werden nog steeds gebruikt bij troonopvolgingen. Bij de voorwerpen stonden kaartjes waarop te lezen was uit welke periode ze stamden. Langzaam liepen ze met de stroom mee een rondje om de vitrinekast. En daar aan de andere kant vonden ze wat ze zochten. Een met juwelen bezette schede. De gekleurde stenen glinsterden onder de halogeenverlichting.

Ivander greep Ruby beet.

'Is dat hem?' Zijn hart roffelde. Dit ding moesten ze hebben. Dit ding kon Merlijn beter maken en Koning Arthur terugbrengen.

'Ik weet niet,' fluisterde ze. 'Er staat niets bij.'

'Als dit Koning Arthurs schede is, wat doet dat zwaard er dan in?' vroeg Ivander. Hij liet Ruby los en liep naar iemand van de bewaking.

'Uit welke periode komt die schede?' vroeg hij.

'Dat weet alleen de koningin,' zei de man. Hij keek hem niet aan maar speurde de omgeving af naar ongeregeldheden.

'Kunt u haar dan even voor mij bellen en het vragen?' vroeg Ivander.

De man keek op Ivander neer. 'Jij begrijpt het niet helemaal, geloof ik. Je kunt de koningin niet zomaar bellen. En zeker niet met een vraag waar ze jou geen antwoord op geeft.'

Hij keek weer op. 'Jongedame!' brulde hij. Hardhandig duwde hij Ivander opzij. 'Ga direct terug achter de kettingen!'

Ivander draaide zich om. Wat deed ze nou! Ruby stond naast de vitrinekast en stompte tot twee keer toe loeihard met haar elleboog tegen het glas. Er kwam nog geen vlekje op, maar voor ze nog een keer iets kon doen werd ze door twee andere beveiligingsmannen vastgegrepen en meegesleurd.

Een alarm gilde door de ruimte en rode lampen flikkerden aan en uit. In de vitrinekast zakten de kubussen met de kroonjuwelen in de grond weg en er schoven ijzeren rolluiken voor de ruiten.

Alle mensen werden zonder pardon naar buiten gestuurd. Ivander zag zijn vader tegen de stroom bezoekers in worstelen om bij Ruby te komen.

'Wacht buiten op me,' riep hij over zijn schouder. Dat was het laatste wat Ivander hoorde en zag voor hij buiten stond.

Het alarm loeide nog na in Ivanders oren toen ze een kwartier later bij een strenge man met indrukwekkend uniform met heel veel sterren op zijn schouder in zijn kamer zaten.

'Het spijt me echt verschrikkelijk,' zei Ivanders vader voor de zoveelste keer. 'Ik zal alle schade vergoeden, mocht die er zijn.'

De man stak zijn hand op en Ivanders vader hield meteen zijn mond.

'Wat wilde je eigenlijk?' vroeg de man aan Ruby.

'De schede terugbrengen bij de rechtmatige eigenaar.'

Ivanders voet sloeg op hol tegen de grond en zijn vaders mond viel zover open dat er wel een hele appel in één keer in kon.

'En wie denk je dan dat de rechtmatige eigenaar is?' vroeg de man onverstoorbaar door.

'Koning Arthur. Wie anders?'

Ivanders vader kreunde. 'Niet weer,' mompelde hij.

Maar de strenge man knikte een keer en leek het uiterst serieus te nemen.

'Dat zwaard hoort er trouwens niet in,' zei Ruby. 'De Excalibur hoort erin te zitten maar die hebben jullie niet.'

Ivanders vader sloeg zijn handen voor zijn gezicht en schudde wanhopig zijn hoofd. Ivander durfde niet meer te kijken. Zijn voet tapdanste voor zijn gevoel de hele kamer door.

'Het spijt me. Mijn zoon en zijn vriendin zijn momenteel nogal in de ban van Koning Arthur,' zei zijn vader. 'Gisteren hebben ze de hele dag in een boekwinkel gezeten bij een man die er heel veel vanaf weet. Hij kan prachtige verhalen vertellen en doet het zo goed dat het levensecht lijkt. Sindsdien denken ze zelfs dat ze op het eiland Avalon zijn geweest en Merlijn hebben ontmoet. Nogmaals, het spijt me. Ik denk dat ze nog steeds onder zijn betovering zijn. Ik had ze hier niet mee naartoe moeten nemen. Dat had een hoop ellende gescheeld.'

'Kun je bewijzen dat dit de schede is die aan Koning Arthur toebehoort?' vroeg de man. Hij keek Ivander en Ruby om de beurt aan.

Ivander wist eerst niet of hij het goed verstaan had. Geloofde hij hun verhaal? Hij haalde zijn schouders op. 'Omdat Merlijn ons heeft verteld dat de schede in het bezit is van de koninklijke familie en dat er maar heel weinig mensen vanaf weten?' zei hij onzeker.

Ivanders vader kreunde op de achtergrond.

'En wij hebben de Excalibur,' zei Ruby. 'Die past er vast precies in.'

'Hoe komen jullie daaraan?'

Het bleef stil. Ruby keek naar haar schoenen en durfde kennelijk niet op te biechten dat ze het zwaard gestolen hadden. Ook Ivander zag het wijsvingertje weer levensgroot opdoemen. Als daarbij duidelijk werd dat ze wisten dat oude zwaarden eigenlijk aan de staat toebehoorden zouden ze helemaal zuur zijn. Trouwens, nu de Rubilacxe gebroken was, konden ze niet eens bewijzen dat Avalon ook echt bestond.

De man stond op en knikte naar Ivanders vader. 'Ik maak er geen werk van,' zei hij. 'Ruby is nog minderjarig en een elleboog kun je niet echt inbrekerswerktuig noemen. Maar ik moet u helaas wel de toegang tot de Tower ontzeggen.'

'Ik begrijp het helemaal,' zei Ivanders vader. Hij stond op en wist niet hoe snel hij de man zijn hand moest toesteken. 'Geen probleem. Ons ziet u niet meer.'

Ze zaten in de trein terug naar huis toen Ruby om de nek van Ivanders vader vloog. 'U bent een schat,' riep ze en ze gaf hem een klinkende kus op zijn wang. Ivander glunderde. Dit was wel weer te gek van zijn vader. Hij had ze net verteld dat dit hele gebeuren onder hen zou blijven.

'Ik had echt een week huisarrest gekregen,' zei Ruby. 'Of misschien nog langer.'

'Precies, en dat wil ik jou, maar ook Ivander niet aandoen,' zei Ivanders vader. 'Ik heb nog wel een voorwaarde.'

Het enthousiasme van Ruby temperde. Ivander beet op zijn lip. Dat beloofde nooit veel goeds. En ja hoor... daar kwam het.

'Ik wil niet dat jullie nog naar de boekwinkel van Rupert gaan zolang Ivander hier is.'

Het bleef stil.

'Nou?'

Ruby haalde haar schouders op. 'Oké,' zei ze. 'Afgesproken.'

'Ivander?'

'Oké,' mompelde hij maar hij durfde zijn vader niet aan te kijken. Hij wist allang dat ze die belofte niet in stand konden houden en dat voelde helemaal niet goed. Zijn vader deed iets heel aardigs en als dank zouden zij hem gewoon bedonderen. Maar ja, het avontuur waarin zij beland waren konden ze niet laten lopen. Hopelijk begreep zijn vader dat op een dag ook. Als hij bijvoorbeeld oog in oog zou staan met Koning Arthur. Misschien was die dag helemaal niet zo ver meer weg. Tenminste... als het Rupert lukte om het zwaard te repareren.

Ruby gooide de deur naar de bar open en bleef in de opening stilstaan. 'Rupert!' riep ze.

Ivander wurmde zich langs haar heen. Aan de bar van het hotel zat Rupert achter een kop koffie.

'Tja, ik dacht: als ze dan niet naar mij toekomen, kom ik maar naar hen toe.' Hij tilde zijn kopje op en nam een slok.

Ruby's vader stond achter de bar. Rupert wees met zijn kopje naar hem. 'En hier hoorde ik ook waarom jullie niet kwamen. Jullie hebben mijn verhalen van gisteren veel te serieus genomen. Jullie denken echt dat Koning Arthur nog een keer zal terugkeren.'

Ruby en Ivander bleven stil. Wat wilde hij dat ze deden of zeiden?

'En dat het eiland Avalon bestaat net zoals Merlijn en de Excalibur.'

Onzeker knikten ze.

Rupert schudde zijn hoofd langzaam. 'Allemaal verzonnen,' zei hij. 'Legendes zijn prachtige verhalen waar een eeuwige waas van mysterie overheen ligt. Dat moet zo blijven. Dat is juist het mooie ervan.'

Opnieuw knikten Ruby en Ivander. Het leek Ivander het beste om maar gewoon met hem mee te praten.

'Goed. Als dat nu duidelijk is, wil ik jullie ook graag laten zien dat ik niet alleen de dorpsgek ben.' Met een schuin oog keek hij naar Ruby's vader die ineens heel druk de glazen oppoetste.

'Ik heb nog een leuk bootje in Glastonbury liggen en wilde morgen een dagje gaan vissen,' zei Rupert. 'Hebben jullie zin om mee te gaan?'

De tenen in Ivanders schoenen krulden omhoog. Was het hem gelukt om het zwaard te repareren?

'Natuurlijk alleen als jullie ouders het goed vinden,' zei Rupert. 'Of misschien hebben ze wel zin om mee te gaan?'

De tenen van Ivander krulden nog verder op. Dat meende hij toch niet!

Ruby's vader schudde zijn hoofd. 'Ik kan de boel hier echt niet dichtgooien,' zei hij. 'Die paar klanten die ik heb moet ik in de watten leggen.'

'En ik heb mijn vrije dag vandaag gehad,' zei Ivanders vader. 'Morgen moet ik echt weer aan het werk. Maar als Ivander wil, vind ik het prima. Hij is een uitstekende visser.'

'Graag,' riep Ivander.

'En jij Ruby?' vroeg Rupert.

'Wat een vraag,' antwoordde ze.

'Goed.' Rupert gleed van de barkruk af. 'Dan rijd ik morgen om zeven uur met de auto voor,' zei hij. 'Hoe vroeger we ze voeren, hoe beter ze bijten.'

14
Het zwaard

De volgende dag werden ze uitgezwaaid door hun vaders.

'Neem de gevangen vis maar mee,' zei Ruby's vader terwijl hij een paar zwemvesten naast de hengels in de achterbak legde. 'Dan gooien we ze vanavond op de barbeque.'

'Doen we!' riep Ivander. Hij stak zijn hand op om te zwaaien en verbaasde zich erover hoe gemakkelijk die leugen uit zijn mond flapte. 'Ik hoop dat je een goede viswinkel weet waar ze dat verkopen, Rupert?' mompelde hij zachtjes toen hij achterover in de autostoel viel.

Rupert grinnikte. 'Ik heb geen idee. Ik heb een hekel aan vis.'

'Nou, rijden met die kar,' zei Ruby. 'Ik houd het zowat niet meer.'

Rupert stak zijn hand op en toeterde als afscheid. Daarna draaide hij de auto de straat uit.

'Is het gelukt met de Rubilacxe?' riep Ruby zodra ze de bocht om waren.

'Kijk zelf maar,' antwoordde Rupert.

Ivander draaide zich om naar achter. Ruby ritste de gitaarhoes open. Ze veegde voorzichtig wat stro weg en daar kwam het verroeste zwaard aan één stuk tevoorschijn.

'Hoe heb je dat gedaan?' vroeg Ivander.

'Dat heb ik niet gedaan,' antwoordde Rupert. 'Dat heb ik laten doen.'

'Door wie,' riep Ruby.

'De Excalibur is ooit gesmeed door een elfensmid die in een land woont onder het meer van de Vrouwe van het Meer,' antwoordde Rupert. 'En gelukkig is dat dichtbij. Vannacht ben ik met een bootje naar de plek geroeid waar jullie de Rubilacxe hebben gevonden. Daar ben ik voor anker gegaan en heb de stukken zwaard op een vlot neergelegd dat ik aan mijn roeiboot had vastgemaakt. Toen was het afwachten. Het werd donker en er gebeurde niets. Ik kreeg al spijt dat ik met die kou en in de donkerte het meer was op gegaan, toen er na een paar uur vanuit het niets een heel dikke mist kwam opzetten. Ik kon geen meter meer voor me uit kijken. Tegen de tijd dat de mist wegtrok was het vlot leeg. Opnieuw was het afwachten om te kijken wat er gebeurde. Ik ben uiteindelijk in slaap gevallen en toen ik wakker werd van de zon die op mijn neus kriebelde, zag ik de Rubilacxe aan één stuk op het vlot liggen.'

'Elfen die onder een meer wonen,' mompelde Ivander. 'Je zou haast zeggen dat zelfs sprookjesfiguren echt bestaan.'

'Ze hebben in elk geval goed werk geleverd.' Ruby streek met een vinger over de Rubilacxe. 'Je voelt niet eens meer dat hij gisteren nog in drie stukken lag. En nu maar hopen dat hij nog werkt ook.'

'Dat zullen we straks zien. Maar vertellen jullie eerst maar eens wat er allemaal in Londen is gebeurd,' zei Rupert. 'Gisteravond op het nieuws hoorde ik dat de kamer waarin de kroonjuwelen bewaard worden tijdelijk is dichtgegaan omdat er een meisje bijna door de ruit van de vitrine was gevallen.' Via zijn spiegel keek hij Ruby met een schuin hoofd aan.

Ruby en Ivander schrokken. Op het nieuws? Gelukkig had Ruby's vader het kennelijk niet gezien of gehoord. En hopelijk was het vandaag weer allemaal overgewaaid.

Ivander vertelde in het kort wat er was gebeurd en Ruby vulde hem zo nu en dan aan. Rupert glimlachte, grinnikte om vervolgens te schateren.

'Hoe verzin je het!' riep hij. 'Dacht je werkelijk dat je met je elleboog het glas kon inslaan en daarna met de schede onder je arm kon weglopen?'

Ruby haalde haar schouders op. 'Ik hoopte dat Merlijn een beetje zou helpen,' mompelde ze. 'Maar die was er niet.'

Ze schoot ineens rechtop. 'Hij zal toch nog wel leven!'

'Het lijkt me het beste om zelf te gaan kijken,' antwoordde Rupert. Hij draaide de auto het parkeerterrein bij het moeras op. 'Dan weten we ook meteen of de zwaarden nog werken.'

De Excalibur en Rubilacxe werkten uitstekend. De andere wereld dook na de onweersbui op onder de gekruiste zwaarden en een half uur later lieten de queestedieren hen afstappen bij de open plek. Zelfs Ruby gaf de beesten dit keer een vriendschappelijk klopje in de nek.

Rupert liep meteen met zijn handen vooruit gestrekt op zoek naar het glazen huis. Ivander en Ruby volgden hem met de zwaarden in hun hand.

'Stil eens,' zei Rupert. Hij stopte. Ze kwamen naast hem staan. Heel in de verte klonk zacht vrouwengezang. Rupert zette zijn handen weer tegen de wand en liep naar links. Een paar tellen later was hij verdwenen. Ruby en Ivander gingen snel achter hem aan. Eenmaal binnen klonk het gezang heel zuiver. Het weerkaatste tegen de blauwe wanden en bleef helder rondzingen.

'Wie zijn dat?' vroeg Ruby. 'Ik wist niet dat hier nog meer mensen woonden?'

'In elk geval de vrouwen die Koning Arthur al die tijd slapende hebben gehouden en verzorgd,' antwoordde Rupert. 'En Koning Arthur zelf moet hier natuurlijk ook ergens zijn.'

'Dat klopt,' antwoordde een stem. Achter een van de sculpturen kwam een ridder in harnas vandaan. 'Hé, mijn zwaarden.' Hij stak zijn hand uit. 'Merlijn zei al dat jullie ze zouden brengen.'

Ivander slikte een keer. Zijn benen wiebelden en hij viel op de grond. 'Bent u Koning Arthur?' vroeg hij toen hij op zijn knieën lag. De ridder gooide de klep van zijn helm open. 'Wie vraagt dat?' vroeg hij.

'Mijn naam is Ivander,' zei Ivander.

Koning Arthur stak zijn hand uit en trok Ivander overeind.

'Welkom,' zei hij. 'Het is fijn om een nieuw gezicht te zien.'

'Ahum,' kuchte Ruby. Snel wees Ivander naar achter. 'Dat zijn mijn vrienden Ruby en Rupert.'

Het harnas van Koning Arthur rammelde toen hij ook hun handen schudde. Daarna pakte hij de Excalibur over van Ruby.

Ze protesteerde niet eens maar keek hem alleen maar met wijd opengesperde ogen aan. Koning Arthur legde het glimmende staal in de palm van zijn hand en draaide het zwaard een paar keer heen en weer.

'Wat voelt dat goed. Ik merk nu pas dat ik hem gemist heb.' Hij zwiepte het zwaard een paar keer voorlangs en hakte een hoofd van een van de sculpturen. Het dier veranderde meteen in een andere vorm en het hoofd dat over de grond rolde loste in het niets op.

'Nog net zo scherp,' mompelde Koning Arthur. 'En mijn schede? Waar is die, page?' Koning Arthur keek Ivander vragend aan.

Page? Ivander voelde zijn wangen kleuren. 'Die eh…' Hij boog zijn hoofd en bestudeerde de grond. Nu moest hij Koning Arthur teleurstellen. Hij had geen schede en die zou hij ook nooit krijgen. Als hij als page al faalde zou hij vast geen schildknaap meer worden en helemaal nooit een ridder.

'Het was onmogelijk voor ons om die in bezit te krijgen, heer,' kwam Rupert hem te hulp. 'Hij is in het bezit van de koningin van Engeland en veilig opgeborgen. Niemand kan erbij.'

'Koningin? Wat nou koningin! Ik ben de koning van Engeland,' riep Koning Arthur.

Ivander beet op zijn lip. Het leek erop dat Koning Arthur geen benul van tijd had.

'Hoe gaat het met Merlijn?' vroeg Ruby snel. 'Leeft hij nog?'

'Jazeker,' antwoordde Koning Arthur. 'De muzen verzorgen hem nu ik weer op de been ben. Dus hij is in goede handen. Maar je hebt gelijk. Er moet wel iets gebeuren voor zijn krachten helemaal verdwenen zijn. Laten we hem maar even gedag zeggen voor we gaan.'

'Eh, hoe bedoelt u voor we gaan?' vroeg Rupert.

'Als jullie de schede niet hebben, moet ik hem zelf maar gaan halen,' zei Koning Arthur. 'En dat kan niet vanaf dit eiland. Dus jullie brengen me zo snel mogelijk naar het vasteland.' Met flinke pas liep hij naar de trap.

Vlug volgden ze Koning Arthur naar boven. Hoe dichter ze bij de kamer van Merlijn kwamen hoe mooier en harder het gezang klonk. Koning Arthur zwaaide de deur open. Merlijn lag nog steeds op bed. Om hem heen zaten negen mooie vrouwen in prachtig gekleurde doeken die hem liefdevol verzorgden en voor hem zongen. Aan het hoofdeind stond de mooiste vrouw in een wit zijden jurk met gouden weefsels. Ze keek Koning Arthur kort aan voor ze haar hoofd boog.

Ivander kreeg een raar gevoel. Ze zag er misschien wel uit als een betoverend mooie fee maar ze had ook iets kwaadaardigs over zich. Merlijn draaide zijn hoofd naar de deuropening. Met grote krachtsinspanning wuifde hij de muzen weg.

'Ik wil even met hen praten,' fluisterde hij. 'Alleen.' De vrouwen verdwenen met hun ruisende gewaden door de blauwe muren. De mooiste vrouw ging als laatste. Voor ze vertrok pakte ze Merlijns linkerhand stevig vast en keek om. Een vage glimlach gleed over haar gezicht toen haar ogen Ivander en Ruby kort opnamen. Daarna verdween ook zij door de muur.

Koning Arthur liep naar Merlijn en knielde rammelend neer. De anderen kwamen om hem heen staan.

Merlijns borstkas ging zwaar op en neer. Hij draaide zijn hoofd naar de muur alsof hij er zeker van wilde zijn dat alle muzen weg waren. Toen draaide hij zijn gezicht terug.

'De schede?' fluisterde hij. Hij greep Ivanders pols vast met zijn knokige vingers.

Ivander schudde zijn hoofd.

'Die haal ik zelf op,' zei Koning Arthur. 'Als zij mij vertellen waar die is komt dat wel goed. Ik ben tenslotte de rechtmatige eigenaar. Zodra ik hem heb, zul je merken dat je krachten weer toenemen.'

Merlijn knikte vermoeid en keek naar de anderen. 'Blijf bij hem,' fluisterde hij. 'Zorg ervoor dat hij geen gekke dingen doet.'

Ze knikten alledrie tegelijk.

Merlijn wilde nog iets zeggen maar de adem ontbrak. Hij sloot zijn ogen.

Koning Arthur draaide zich om. 'We hebben geen tijd te verliezen.' Hij wenkte de anderen mee te komen.

Weifelend keken ze van Koning Arthur naar Merlijn. Maar Merlijn leek in diepe rust. Rupert en Ruby gingen achter Koning Arthur aan. Toen Ivander hen wilde volgen klemde Merlijn zijn vingers opnieuw om Ivanders pols. Langzaam trok hij hem naar zich toe, pakte Ivanders hand en liet er iets in glijden.

'Bedankt,' fluisterde hij. Toen verslapte zijn greep. Zijn hand viel naast zijn oude lichaam op bed en bleef daar roerloos liggen.

Ivander opende zijn hand. In de palm glinsterde een groene edelsteen.

15
Koning Arthur in de nieuwe wereld

De magische boot gleed rustig over het water terug naar het moerasland. Koning Arthur zat in de punt. Fluitend poetste hij zijn zwaard op.

Ivander zat helemaal achterin en piekerde zich suf over de groene edelsteen in zijn broekzak. Wat moest híj ermee als dank? En waarom had hij hem gekregen en waarom Rupert en Ruby niet? Zij hadden toch net zo goed hun best gedaan?

Ruby haalde hem uit zijn diepe gedachten.

'Wat moeten we nu met hem?' vroeg ze zacht aan Rupert en Ivander. Ze knikte naar Koning Arthur. 'We kunnen hem moeilijk zo mee in de auto naar Londen nemen. En als het ons al lukt om zover te komen, komt hij nooit de Tower in met dat rammelpak. Trouwens, als ze *ons* zien worden we gelijk opgepakt. Daar hebben we hem niet eens voor nodig.'

'Ze kennen mij nog niet,' zei Rupert. 'En we moeten iets proberen. De schede en het zwaard moeten bij elkaar komen. Het is de enige manier om Merlijn te redden.'

Ivander staarde somber over het water. Rupert had wel gelijk maar ze maakten weinig kans. Er was in de Tower zoveel beveiliging en er waren zoveel alarmsystemen. Het was onmogelijk om dicht bij de schede te komen en na gisteren zouden de beveiligers nog alerter zijn. Eigenlijk was het een hopeloze zaak.

De boot minderde vaart en rustig gleden ze het zandstrandje op. Ivander en Ruby sprongen eruit. Daarna hielpen ze Rupert en Koning Arthur uit te stappen. Zo'n harnas was toch onhandiger dan hij had gedacht, zag Ivander. De stukken ijzer bleven snel ergens achter hangen en je was er helemaal niet flexibel in. Het was in de tijd van de zwaarden misschien wel veilig maar in hun tijd waar er met vuurwapens gevochten werd had het eigenlijk geen nut. Kogels zouden er zo een vergiet van maken. Moest hij Koning Arthur daar nog over inlichten? Maar wat voor kleding moest hij dan aan. Iets van Rupert misschien?

'Waar is mijn paard?' vroeg Koning Arthur. Hij speurde de omgeving af.

'Er is geen paard,' zei Ivander. Hij stak zijn hand uit naar de Excalibur die om Koning Arthurs middel hing.

'Wat wil je van me?' vroeg Koning Arthur.

'Uw zwaard,' zei Ruby. Ze tilde de Rubilacxe uit de boot.

'Jullie hebben er al een. Deze is van mij,' antwoordde Koning Arthur. Mopperend liep hij over het pad. 'Geen paard. Hoe kan ik zo nou werken?' Hij draaide zich om.

'En waar is jullie harnas eigenlijk? Je kunt toch niet vechten in die vreemde kleding. Zonder bescherming ben je kansloos.'

'We gaan niet vechten,' zei Ivander. Het leek erop dat Koning Arthur echt van niets wist. Dat hij geen flauw idee had dat ze naar een andere dimensie moesten om in hun wereld te komen. Wat had Merlijn eigenlijk wel aan hem verteld?

'Niet vechten!' riep Koning Arthur. 'En dat noemt zich een ridder? Waar heeft Merlijn jou vandaan gehaald, zeg.' Hij schudde zijn hoofd en liep bij hen vandaan.

'Tsss,' siste Ruby tegen Ivander. 'Dus jij hebt jezelf tot ridder geslagen.'

'Welnee,' antwoordde Ivander. 'Dat zegt hij.' Hij knikte naar Koning Arthur die zich juist omdraaide.

'Komen jullie nog?' vroeg Koning Arthur.

'We kunnen er niet naartoe lopen,' riep Ivander.

'Geef-me-dan-een-paard,' zei Koning Arthur.

'Wij hebben geen paard. Maar u heeft wel een zwaard,' zei Ruby. 'Dat hebben we echt nodig. Een paar minuutjes maar. Dan krijgt u

hem terug. Anders kunnen we u niet brengen waar u naartoe wilt.'
'Goed dan.' Koning Arthur kwam terug en gaf zijn zwaard aan
Ivander. Toen rekte hij zich uit. 'Tjonge jonge wat ben ik stijf, zeg,'
riep hij. 'Het lijkt wel of ik veel te lang gelegen heb.'
Ivander Ruby en Rupert keken elkaar bezorgd aan.
'Hij weet het echt niet,' fluisterde Rupert. 'Moeten we hem wel meenemen?'
'Hij schrikt zich rot als hij in onze wereld komt,' zei Ruby. 'Straks
blijft hij er nog in en hebben wij ervoor gezorgd dat hij alsnog
doodgaat.'
'De schede,' zei Ivander. 'We moeten hem een kans geven om de
schede in handen te krijgen. Ons lukt het niet. En hij is de rechtmatige eigenaar.'

'Wat staan jullie daar te treuzelen,' riep Koning Arthur. 'Gaan we nog?'

Ivander en Ruby keken Rupert afwachtend aan.

'Laten we het maar proberen,' zei Rupert. Hij liep naar Koning Arthur.

'We moeten even wachten voor we verder kunnen,' zei hij. 'Over een paar minuten is het zo ver.'

Ruby hief de Rubilacxe omhoog en Ivander kruiste de Excalibur ermee. Langzaam werd het aardedonker.

'Wat is dat allemaal voor een tovenarij,' bromde Koning Arthur.

Rupert pakte Koning Arthur vast toen het licht terugkwam. 'Kom maar mee,' zei hij. 'Dan kunt u het zelf zien.' Samen liepen ze onder de zwaarden door. Daarna draaiden Ivander en Ruby zich onder de zwaarden terug.

'Welkom in het jaar 2008,' zei Rupert tegen Koning Arthur.

Nerveus wachtten ze zijn reactie af.

Koning Arthur keek achterom. 'De boot is weg. Hebben jullie dat soms van Merlijn geleerd?'

Ivander trok zijn wenkbrauw op.

'Dit is het jaar 2008,' zei Ruby. 'Die boot was 500 of zoiets.'

'Mooi,' zei Koning Arthur. Hij pakte de Excalibur van Ivander af. 'Kunnen we nu dan eindelijk eens aan het werk? Waar moeten we heen?'

Ivander wist van verbazing niet wat hij moest zeggen en wees automatisch naar de juiste richting. Koning Arthur begon te lopen.

Rupert haalde zijn schouders op.

'Dan merkt hij het vanzelf wel,' zei hij en hij begon hem te volgen.

De eerste echte schok kwam op het parkeerterrein.

'Wat is dat?' Koning Arthur hief zijn zwaard omhoog. De punt wees naar de auto van Rupert.

'Een auto,' zei Rupert.

'Een modern paard,' riep Ruby snel.

'Aha, eindelijk, een paard,' zei Koning Arthur. Hij liet het zwaard zakken, liep naar de auto, beklopte hem en onderzocht hem aan alle kanten.

'Waar zit zijn kop?'

Ivander wees naar de motorkap.

Koning Arthur tikte op het dak. 'Dit paard is veel te stijf en te breed. Daar kan ik niet op zitten.'

Rupert opende de deur. 'Maar hier wel.' Hij wees naar de stoel. 'We kunnen met ons vieren in dit paard.' Hij wees naar de andere stoelen.

'Heb je geen eigen paard voor mij? Ik werk liever alleen.'

'Straks misschien,' zei Rupert.

Zuchtend probeerde Koning Arthur zichzelf naar binnen te proppen maar zijn hoofd paste niet.

'De helm moet af,' zei Ivander.

'Te gevaarlijk,' zei Koning Arthur. 'Op een slagveld moet je altijd je helm op houden.'

'We gaan niet naar een slagveld,' antwoordde Ivander. 'We gaan eerst naar het kasteel waar uw schede bewaard wordt. Pas als u de schede hebt, bent u veilig genoeg op het slagveld.'

'Je bent een pienter schildknaapje,' zei Koning Arthur. Hij deed zijn helm af.

Ivander glunderde. Hij was nu al van page naar schildknaap gepromoveerd. Als het in dit tempo doorging werd hij binnenkort toch nog ridder.

'Op naar het kasteel,' zei Koning Arthur. 'Ken ik dat? Is het van mezelf?'

'Deze is van de koningin,' antwoordde Ruby. Ze borg de Rubilacxe op in de gitaarhoes. 'Zal ik de Excalibur er ook in doen?' vroeg ze. 'Het is beter dat niemand hem ziet.'

'Niet verstandig,' antwoordde Koning Arthur. 'Je weet maar nooit wanneer de vijand opduikt.'

'Maar...'

'Laat maar,' zei Rupert. 'Hij geeft hem toch niet.'

'Glimt de Rubilacxe ook nog steeds?' vroeg Ivander aan Ruby.

'Sinds Koning Arthur de Excalibur heeft blijft de roest weg.'

Ruby ritste de hoes een stukje open. 'Zo goed als nieuw.'

Rupert stak het sleuteltje in het contactslot. 'Niet schrikken van het geluid,' zei hij tegen Koning Arthur. 'Het klinkt iets anders dan een galopperend paard.' Hij draaide het sleuteltje om en startte de motor. Koning Arthur verstijfde even maar zei niets.

Langzaam reed Rupert vooruit en draaide als een slak de parkeerplaats af.

'Heb je echt geen paard voor mij alleen?' vroeg Koning Arthur na een poosje.

'Vindt u het eng?' vroeg Ivander.

'Ja, en vooral omdat hij zo langzaam gaat. Is dat beest soms ziek?'

Ruby giechelde.

'Goed dan,' zei Rupert. 'Hij is gewend. Daar gaan we!' Hij drukte het gaspedaal diep in en scheurde de weg op.

Ivander en Rupert hielden Koning Arthur goed in de gaten. In het begin zag het er naar uit dat hij het leuk vond maar hij werd steeds stiller en steeds witter. Hij had zijn handen in elkaar gevouwen en het leek erop alsof hij zat te bidden. Ze waren ongeveer een kwartier onderweg en reden langs een weiland toen hij ineens rechtop schoot. 'Stop!'

Rupert ging meteen op de rem staan en stuurde met een ruk de auto naar de kant.

'Moet u overgeven?' vroeg hij.

Koning Arthur antwoordde niet, maar rammelde aan de deur. Hij kreeg hem niet open. Vlug sprong Ivander de auto uit en opende de deur vanaf de buitenkant. Koning Arthur rende voor zover het hem lukte de auto uit en zette zijn helm op zijn hoofd. Bij het hek van het weiland waar een mooi glanzend paard stond, bleef hij staan.

Hij klakte met zijn tong en floot tussen zijn tanden door. Nieuwsgierig kwam het beest dichterbij.

'Nee,' riepen Ivander, Rupert en Ruby tegelijk.

Ruby sprong uit de auto. Samen met Ivander holde ze naar Koning Arthur om hem tegen te houden, maar het was al te laat. Vanaf het hek dook hij op de rug van het paard. Het beest schrok zich wild. Bokkend en steigerend sprong hij het weiland door.

Koning Arthur greep zich vast aan de manen en klemde zijn dijen om de rug. Hoe harder het paard ging, hoe enthousiaster Koning Arthur schreeuwde. Na drie rondjes leek het beest iets te kalmeren. Koning Arthur stuurde hem naar een sloot en sprong erover. Het paard galoppeerde de rijbaan op en mengde zich tussen het andere verkeer.

'Kom terug!' schreeuwde Ivander.

Als antwoord stak Koning Arthur zijn zwaard in de lucht.

Rupert toeterde en Ruby sleurde Ivander terug naar de auto. Zodra ze zaten scheurde Rupert achter voortdenderende paard aan.

Koning Arthur zwaaide met de Excalibur alsof hij het in zijn eentje tegen honderden mensen moest opnemen. Op beide rijbanen raakte het verkeer compleet ontregeld. Overal hoorden ze piepende remmen, zagen ze uitwijkende en slippende auto's. Toeters klonken in alle soorten en maten. Er waren zelfs twee auto's die op elkaar botsten aan de andere kant van de weg. De chaos werd groter en groter. Rupert probeerde zo dicht mogelijk bij het paard te blijven maar door de verkeerspuinhoop was het onmogelijk. Uiteindelijk verloren ze hem uit het oog toen ze in een eindeloze file kwamen te staan.

Ivanders voet klapperde onophoudelijk tegen de vloer. Op de maat humde hij mee.

Ruby keek met grote ogen recht voor zich uit en omklemde de gitaarhoes alsof het haar laatste redmiddel was. En hoewel ze nauwelijks reden schakelde Rupert de pook nerveus van de ene naar de andere versnelling. Ze konden geen kant op. De enige mogelijkheid om dichterbij te komen was om zich met een slakkengang mee te laten voeren naar het eind van de file. En die kwam pas na een half uur.

Al het verkeer werd langs een rij politieauto's met blauwe zwaailichten gevoerd. Op de vluchtstrook stond een politiebusje en een ziekenauto. Voor de ziekenauto stonden twee politieagenten die een nerveus paard in bedwang probeerden te houden.

'Dat is het paard van Koning Arthur,' riep Ruby. Ze drukte haar neus tegen de autoruit. 'Hij zal toch niet gewond zijn?'

Rupert stuurde de auto naar rechts maar werd tegengehouden. De agent wees naar de andere kant. Rupert bleef stilstaan.

'Hij zit in het politiebusje,' riep Ivander. 'Ik zie hem!'

De agent klopte op de auto en gebaarde naar Rupert dat hij moest doorrijden omdat hij het verkeer ophield. Rupert draaide zijn raampje open.

'Wij horen bij de berijder van het paard,' zei hij. 'Is hij gewond?'

'Hij niet maar andere mensen wel,' zei de agent nors. 'Dus u kent die idioot?'

'Nou ja, kennen,' zei Rupert. 'We weten wie het is. Hij hoort bij ons.'

De agent sprak even in zijn portofoon met een collega.

'Meldt u zich daar maar,' zei hij na het gesprek. Hij wees in de richting van het politiebusje. 'Dan kunt u aan die agenten vertellen hoe deze Koning Arthur zoals hij zichzelf noemt, werkelijk heet.'

Rupert schraapte zijn keel en knikte. 'Juist ja,' zei hij. Voorzichtig gaf hij wat gas.

De politieagent stapte opzij om hen door te laten.

Ivander kauwde op zijn onderlip. Hij vermoedde dat het niet echt een gezellig gesprek zou worden als ook zij kwamen vertellen dat dit inderdaad Koning Arthur was.

16
Naar het politiebureau

Koning Arthur zat op de achterbank in het busje. Zijn helm lag op de grond tegenover hem en zijn lange grijze haar piekte in smalle strengen om zijn hoofd. Ivander voelde een steek door zijn maag gaan toen hij door het raampje keek. Wat hadden ze hem aangedaan door hem mee naar deze tijd te nemen? Zijn handen waren met handboeien aan elkaar vastgeketend. Machteloos probeerde hij er vanaf te komen maar hoe harder hij trok, hoe strakker ze zich om zijn polsen klemden. Hij keek ernaar alsof hij er niets van begreep.

Rupert werd als eerste door een agent het busje in geholpen. Daarna volgden Ruby en Ivander. Twee politieagenten bleven buiten bij de deur staan maar keken om een hoekje mee.

'Is dat je vader?' vroeg een van de agenten aan Ivander. Medelijden droop van zijn gezicht.

'Mijn vader?' vroeg Ivander.

'Ja,' zei de agent. 'Jullie hebben hetzelfde lange haar. Dus ik dacht zo vader zo zoon.'

'Tsss,' siste Ruby. 'Wat een belachelijke redenering.'

De agent verstrakte. 'Is het jouw vader dan?' vroeg hij.

'Misschien wel,' zei Ruby. Ze zette haar handen in haar zij.

Inmiddels was Rupert naast Koning Arthur gaan zitten.

'Hoe gaat het?' vroeg hij zacht.

'Hoe gaat het!' riep Koning Arthur. 'Ik begrijp er helemaal niets van. Die laffe lapzwansen, die slappe slampampers... die... die daar hebben me vastgebonden! En waarom?'

'Rustig aan een beetje,' zei een van de agenten. 'Beledigingen zijn niet nodig.'

'Beledigingen!' Koning Arthur hief zijn geboeide handen op. 'Dit is pas een belediging. Weten jullie wel wie ik ben!' riep hij.

'Ja, ja, ja,' zei een van hen. 'De koning van Engeland. Dat weten we nu wel.'

'Precies! En als ik straks vrij ben zorg ik er persoonlijk voor dat jullie een voor een in mijn diepste en duisterste kerkers opgesloten worden!'

'Zorg er eerst maar voor dat ze jou niet opsluiten voor een heel lange tijd,' zei een van de agenten. 'Dat lijkt me namelijk een stuk waarschijnlijker. Je bent een gevaar voor de samenleving.'

Koning Arthur keek hem vol ongeloof aan.

Rupert legde zijn hand op Koning Arthurs arm. 'Laat maar,' zei hij. 'U kunt beter niets meer zeggen. Wij halen u hier wel weg. Maar het kan even duren.'

Ruby keek uit het raam. 'Oh nee, hè,' kreunde ze. 'De televisie. Nu halen we alweer het nieuws. Als mijn vader ons ziet...'

Ivander volgde haar wijzende vinger. Een stukje verderop stond een filmcamera met de naam van de plaatselijke nieuwszender op het politiebusje gericht.

'Hoe komen zij hier zo snel?' vroeg hij.

'Tja, dat weet je met journalisten nooit,' antwoordde Rupert. Hij zuchtte. 'Ongemerkt de Tower binnenkomen kunnen we nu helemaal wel vergeten.'

'Wat moeten we doen?' vroeg Ivander. 'Hoe krijgen we Koning Arthur vrij en hoe kunnen we nog helpen om de schede te krijgen? De waarheid gelooft niemand. Ze zijn ervan overtuigd dat hij een ontsnapte gek is die denkt dat hij Koning Arthur is.'

'Maar ik bén koning Arthur,' zei koning Arthur.

'Dat weten wij alleen,' zei Rupert.

Een agent stapte in de bus en kwam tegenover hen zitten.

'Mag ik wat gegevens van u noteren?' vroeg hij aan Rupert. 'Dan kunt u ons daarna met uw eigen auto volgen naar het politiebureau waar we het een en ander gaan uitzoeken.'

Een half uur later werden ze in een verhoorkamertje ondervraagd door een politieagent.

'Dus als ik het goed begrijp is deze man uw halfbroer,' zei de agent.

'Precies. Vandaar de verschillende achternamen,' mompelde Rupert. Hij sprak meer tegen zijn handen die voor hem op de tafel lagen dan tegen de agent. 'Ik heb een boekenwinkel met een zeer uitgebreide collectie boeken over Koning Arthur. Mijn broer heeft er zoveel van gelezen dat hij er in is gaan geloven dat hij Koning Arthur zelf is. Maar hij doet er niemand kwaad mee. Geloof me,' smeekte hij.

Ivander kneep zijn billen bij elkaar. Niemand kwaad mee? Met een paard over de snelweg, zwaaien met een zwaard, tientallen auto's die op elkaar botsen…

'U heeft met eigen ogen kunnen zien wat voor chaos hij heeft veroorzaakt,' zei de agent streng. 'Ten eerste mag hij helemaal niet met een paard op de snelweg komen. Ten tweede mag hij niet met een zwaard op de openbare weg zwaaien. Daarnaast heeft hij ook nog een valse naam opgegeven. Het spijt me, maar het ziet er niet zo best uit voor uw broer. Voorlopig wordt hij vastgehouden en er zal een psychiater ingeschakeld worden.'

Rupert liet zijn schouders zakken.

'Maar het is het enige familielid dat hij nog heeft,' riep Ruby. Ze sloeg een arm om Rupert heen. 'Als u hem dat nu ook nog afpakt.'

'Het spijt me,' antwoordde de agent, 'maar…' Hij onderbrak zijn zin omdat de deur werd geopend. Een jonge agent stond in de deuropening. 'Zijn jullie Ruby en Ivander?' vroeg hij.

Ze knikten.

'Ik heb een man aan de telefoon die er op staat om jullie te spreken.' Hij kriebelde zenuwachtig aan zijn neus. 'Kunnen ze even mee?' vroeg hij aan zijn collega. 'Het is nogal belangrijk.'

De politieagent in het kamertje knikte.

'Je vader?' fluisterde Ivander tegen Ruby toen ze opstonden. 'Zou hij ons op de televisie hebben gezien?'

'Dat moet haast wel,' fluisterde Ruby terug. Ze klemde de gitaar-hoes tegen zich aan. 'En aan die agent te zien is hij nogal tekeer gegaan tegen hem. Hij is zo nerveus. Mijn vader is niet snel boos maar als hij boos is... Oef! Hoe moet ik dit nu weer uitleggen,' zuchtte ze.

Ze werden naar een klein kamertje gebracht waar een telefoon op een bureau lag.

Afwachtend bleven ze staan.

'Ga je gang,' zei de jonge agent. Hij stapte terug de gang op en trok de deur dicht. Kennelijk wilde hij niets van dit gesprek meemaken.

Ruby verzette geen stap.

'Zal ik het doen?' vroeg Ivander.

Ruby schudde haar hoofd en zuchtte gelaten alsof er niets anders op zat dan zich over te geven aan de woede van haar vader. 'Ik moet hem toch zelf een keer spreken,' zei ze. 'En nu zit er tenminste nog twintig kilometer tussen ons.' Ze pakte de telefoon op. 'Hallo, pap,' zei ze.

Er werd iets gezegd aan de andere kant van de lijn. Ivander zag haar angstige gezicht veranderen in verbazing.

'Ja, daar spreekt u mee,' zei ze.

Er werd weer iets aan de andere kant van de lijn gezegd.

'Ja, dat weet ik nog,' antwoordde Ruby.

'Wat?' vormde Ivander met zijn lippen. 'Wie?'

Ruby hield haar hand snel op het spreekgedeelte. 'Het is de man uit de Tower die ons gisteren heeft laten gaan,' zei ze snel. Daarna haalde ze haar hand weer van de hoorn.

'Wat!?' riep Ivander. Wat moest die man van hen. Had hij hen soms op televisie gezien. En werden ze nu alsnog opgepakt omdat ze gisteren de schede probeerden te stelen? Hij ging tegen Ruby aan staan om mee te luisteren maar kon niet horen wat er werd gezegd.

'Ja, dit is Koning Arthur inderdaad,' antwoordde Ruby. Haar ogen rolden zowat uit haar oogkassen.

De man zei weer wat.

'Uhu,' antwoordde Ruby. Ze keek achterom. 'Ja, die agent is weg. Ivander en ik zijn hier samen.'

Ivander werd gek! Waar ging dit over? Wat werd er allemaal besproken? 'Kan dat ding niet op een speaker,' riep hij.

'De Rubilacxe hebben we gekregen van de Vrouwe van het Meer en de Excalibur hebben we... eh... toevallig gevonden en even geleend,' zei ze. 'Zo konden we naar Avalon.'

'Ruby!' riep Ivander.

'Iets bijzonders waardoor we zeker weten dat het de schede is?' vroeg ze in de telefoon. 'Nee, dat weet ik niet. Even wachten, dan vraag ik het aan Ivander.' Ze draaide zich om. 'Hij heeft het weer over de schede in de Tower en of we kunnen bewijzen dat deze van Koning Arthur is,' zei ze. 'Enig idee?' Ze liet de telefoon zakken en keek hem afwachtend aan.

Ivander fronste zijn wenkbrauwen. De vingers van zijn rechterhand speelden nerveus met de groene edelsteen in zijn broekzak. Hoe moest hij dat nou bewijzen?

Ruby hield de telefoon weer tegen haar oor. 'Nee, hij weet het ook nie...'

'Wacht!' schreeuwde Ivander. Hij trok de telefoon uit haar hand. 'Als Koning Arthur de Excalibur en de echte schede heeft dan is hij onkwetsbaar,' riep hij. 'Dus ook al wordt hij neergestoken dan vloeit er geen druppel bloed. Dat kunt u uitproberen als u de schede hier mee naartoe neemt. Hij heeft de Excalibur al. Althans, die heeft de politie hier nu.'

Het bleef stil aan de andere kant.

Ivander dacht snel na. Hij moest met iets beters komen aan de stilte te horen. Het was ook wel een beetje raar om iemand neer te steken en dan te kijken of hij het zou overleven of niet. Hij haalde zijn hand uit zijn broekzak en kneep de groene edelsteen in gedachten zowat fijn tussen zijn vingers.

'Wat is dat?' vroeg Ruby. Ze staarde naar de steen.

'Van Merlijn gekregen,' antwoordde Ivander. 'Als dank.'

'Wat heb je gekregen?' klonk het door de lijn.

'Oh, sorry, ik had het niet tegen u. Ik zei wat tegen Ruby,' antwoordde Ivander.

'Wát heb je gekregen?' herhaalde de man.

'Een groene edelsteen,' zei Ivander voorzichtig.

'Hoe groot?'

'Een vierkante centimeter.'

Het bleef even stil.

'Hij is een beetje raar van vorm,' zei Ivander. 'Ongelijk, want hij heeft negen hoeken.'

Weer bleef het even stil.

'Ken je de legende over de zwarte raven bij de Tower,' zei de man na een tijdje.

'Ja,' antwoordde Ivander.

'Ze zijn allemaal weg sinds elf uur vanmorgen,' zei de man. 'Snap jij waarom?'

Ivander slikte maar het lukte niet echt omdat zijn mond kurkdroog was geworden. 'Toen hebben we Koning Arthur meegenomen naar onze wereld,' fluisterde hij.

17
Hoog bezoek

Ineens veranderde er van alles. Kort na het telefoongesprek kwam een oudere politieman het kamertje in. Er zat geen kreukel in zijn mooie uniform en aan de onderscheidingen op schouders te zien was hij de baas. Toch leek hij behoorlijk onder de indruk. Hij boog nog net niet voor Ivander en Ruby. Hij nam ze mee naar een ruime lichte kamer met zwart leren banken. Daar vroeg hij hen te wachten.

Ruby legde de gitaarhoes met de Rubilacxe naast zich neer.

Een vrouw bracht even later twee flesjes limonade, maar voor ze een slok konden nemen, werden ook Rupert en Koning Arthur binnengebracht.

De politiebaas wees naar een andere bank.

'Maak het jullie maar gemakkelijk,' zei hij.

'Dat lijkt er meer op,' zei Koning Arthur. Hij ging op de lege bank zitten en wreef over zijn ontboeide polsen.

'Het spijt ons voor het ongemak,' zei de politiebaas

'Niks geen respect voor een koning,' zei Koning Arthur.

'Juist ja,' mompelde de politiebaas alsof hij niet zo goed wist wat hij daarmee aan moest. 'Afijn, we hebben begrepen dat de Officier van Staat u van ons overneemt omdat dit een staatsaangelegenheid betreft.' Hij schudde zijn hoofd alsof hij niet helemaal begreep. 'Tot die tijd kunt u hier verblijven.' Hij knikte, draaide zich om en liep de kamer uit.

'Wat is er gebeurd?' vroeg Rupert aan Ruby en Ivander. Hij ging naast Koning Arthur op de bank zitten.

'De man uit de Tower, die ons gisteren heeft laten gaan, was aan de

telefoon,' zei Ivander. 'Hij vroeg opnieuw hoe we er zo zeker van konden zijn dat de schede in de Tower van Koning Arthur was.'
'En?'
'Ik heb gezegd dat we kunnen uitproberen of Koning Arthur inderdaad onsterfelijk is als hij in het bezit is van de Excalibur en schede.'
'Vond hij dat een goed idee?' vroeg Rupert.
'Ik geloof het niet,' zei Ivander.
'Maar toen ik ook nog over deze steen vertelde, zei hij wel dat de raven bij de Tower sinds vanmorgen elf uur allemaal zijn verdwenen.'
Ivander haalde de groene steen uit zijn broekzak en hield hem tussen zijn vingers in de lucht.
'Laat me die eens van dichtbij bekijken,' zei Koning Arthur. Ivander liep naar hem toe.
'Hoe kom jij hier aan?' vroeg Koning Arthur.
'Van Merlijn gekregen,' antwoordde Ivander.
'Dus ze heeft uiteindelijk toch spijt gekregen,' mompelde Koning Arthur.
Ivander Ruby en Rupert keken elkaar vragend aan.
'Wie?' vroeg Ivander.
'Morgan le Fay, godin van dood en wedergeboorte,' zei Koning Arthur. 'Een goede fee en kwaadaardige heks samengesmolten in één persoon.' Hij keek op van de steen. 'Mijn halfzus. Ik denk dat jullie haar wel gezien hebben op Avalon.'
Ivander dacht aan de mooie muze in de witte jurk met goudweefsels die hij bij het hoofdeinde van Merlijns bed had zien staan en bij wie hij een gevoel van goed en kwaad tegelijk had gekregen. Was zij de halfzus van Koning Arthur?
'Waar moet zij spijt van hebben gekregen?' vroeg Ruby.
'Wat ze Merlijn heeft aangedaan,' zei Koning Arthur.
'En wat is dat?' vroeg Ivander.
'Morgan le Fay was Merlijns beste leerling,' vertelde Koning Arthur.

'Ze verleidde hem met haar mooie gezicht en mooie praatjes. Verblind door de liefde leerde hij haar alle geheimen van de magie waardoor ze uiteindelijk beter werd dan hij. Zij was degene die hem opsloot in het huis met de bevroren lucht zodat hij haar nooit meer in de weg kon zitten. Nu ze ziet dat Merlijns krachten bijna verdwenen zijn en hij stervende is, heeft ze vast spijt gekregen en jullie ingeschakeld.'

'Ons?' riepen Ruby en Ivander tegelijk.

Koning Arthur knikte. 'Morgan le Fay staat namelijk ook bekend als de Vrouwe van het Meer. Zij heeft ervoor gezorgd dat jullie de Rubilacxe vonden. En vanaf dat moment regelde Merlijn met zijn laatste krachten dat jullie op de juiste plekken op zoek gingen naar de juiste informatie om jullie op Avalon te krijgen. De volgende stap is de hereniging van de Excalibur met de schede die ervoor zorgt dat Merlijn zijn krachten weer terugkrijgt.' Hij hield de steen omhoog. 'Deze steen hoort in de schede. Hij is bijzonder omdat hij negenhoekig is. Elke hoek staat voor een van de muzen. Morgan le Fay heeft de steen uit de schede gehaald nadat ze die van mij had gestolen. Zo kon ze altijd zeker weten welke schede de echte was mocht ze hem ooit weer nodig hebben. En nu heeft ze de steen aan Merlijn gegeven zodat wij een bewijs in handen hebben dat deze schede aan mij toebehoort.'

Ivander dacht terug aan die mooie vrouw en herinnerde haar vreemde blik. Die vage glimlach. Zou het werkelijk zo zijn gegaan? Ze ging wel als laatste bij Merlijn weg. En ze had zijn linkerhand vastgepakt. En uit diezelfde hand had Merlijn de steen aan hem doorgegeven. Ivander kon zichzelf wel voor zijn kop slaan. Wat ontzettend stom van hem. Het was helemaal geen bedankje geweest. Het was een bewijs.

'Hoe kan zij ook de Vrouwe van het Meer zijn?' vroeg Ruby. 'Dan is ze op twee plaatsen tegelijk.'

'Zoals ik al zei, ze is erg goed,' antwoordde Koning Arthur. 'En ik kan het weten.'

'Maar waarom zou ze spijt hebben?' vroeg Ivander. 'Als Merlijn dood is, heeft ze toch geen last meer van hem?'

'Haar kwade kant vindt het heerlijk om slechte dingen te doen maar haar goede kant krijgt daar enorme spijt van,' antwoordde Koning Arthur. 'De een kan niet leven zonder de ander. Dat wist Merlijn. Toen zij als kwaadaardige heks mijn schede had gestolen, wist ze dat ik een gevecht niet zou overleven. Daarom heeft ze er als goedaardige fee voor gezorgd dat ik zwaargewond naar het eiland Avalon werd gebracht. Daar heeft ze me genezen en in slaap gehouden tot mijn komst weer gewenst was. Hoe lang is dat eigenlijk geweest?' vroeg hij.

Ruby, Ivander en Rupert keken elkaar opnieuw aan.

'Zo'n vijftienhonderd jaar,' zei Ruby zacht.

'Allemachtig! Vandaar dat ik zo stijf ben en niks meer van deze wereld begrijp,' riep Koning Arthur.

Hij schudde zijn hoofd even en ging toen verder met zijn verhaal.

'Merlijn wist allang dat Morgan le Fay jaloers op mij was en zou proberen mij van de troon te stoten. Daarom heeft hij ervoor gezorgd dat de Excalibur en schede niet alleen voor mij belangrijk waren, maar ook voor hem. Zoals de zon energie geeft aan de planten gaf het zwaard met schede krachten aan Merlijn. Hij was ervan overtuigd dat als hij zou sterven doordat zijn krachten afnamen, haar goedaardige kant er alles aan zou doen om dit tegen te gaan. En hij heeft gelijk gehad. Maar vijftienhonderd jaar, zeg! Hij heeft het nog lang uitgehouden maar dat zal wel komen doordat hij in het huis opgesloten zat.'

Hij schudde zijn hoofd nog een keer alsof hij het allemaal maar moeilijk kon geloven.

Ze zaten allemaal in gedachten verzonken toen de deur openging. De hoge agent kwam binnen met de Excalibur en de man uit de Tower. Die laatste hield een langwerpig pakket vast. De politiebaas overhandigde de Excalibur aan de man uit de Tower en verliet direct het vertrek.

'Mijn naam is Sid Boddear,' zei de man. 'Ik ben Officier van Staat, in dienst van hare majesteit de koningin, gevestigd in de Tower of London. Hij liep naar Koning Arthur en schudde hem de hand. Daarna gaf hij Rupert een hand.

'Ruby, Ivander,' zei hij. Hij gaf hun een kort knikje ter begroeting.

'Dus u bent de legendarische Koning Arthur,' zei Sid Boddear.

'Precies,' zei Koning Arthur.

'Het is een eer u te ontmoeten,' zei Sid Boddear. Hij opende het pakket.

Ruby en Ivander slaakten tegelijkertijd een kreet.

'Mijn schede,' riep Koning Arthur.

Sid Boddear legde de schede in de uitgestoken hand van Koning Arthur.

'Is hij het echt?' vroeg Koning Arthur. Hij betastte en bekeek het stuk staal aan alle kanten. Zijn gezicht ging steeds meer stralen.

'Mag ik de steen,' vroeg hij aan Ivander.

Ivander haalde de steen uit zijn broekzak terwijl Koning Arthur een andere groene steen uit de bovenkant van de schede peuterde. 'Deze is niet echt,' zei hij toen het los was. Hij pakte de steen van Ivander aan en duwde hem met een klik op de juiste plek. 'Deze wel.'

Een groene gloed gleed over de hele schede.

Koning Arthur stak zijn hand opnieuw uit. 'Mag ik?' vroeg hij met zijn blik op de Excalibur.

'Gaat uw gang,' zei Sid Boddear. Ivander durfde niet meer te ademen. Zouden het zwaard en de schede na al die eeuwen eindelijk herenigd worden? Zou Merlijn er al meteen iets van merken?

Koning Arthur ging staan toen hij de Excalibur langzaam maar soepel in de schede liet glijden.

Ivander zag de tranen bij Rupert in zijn ogen springen. Ruby's wangen gloeiden en Sid Boddear deed alle moeite om zijn gezicht in de plooi te houden. Hijzelf kon alleen maar met open mond toekijken. Iedereen leek dit moment op zijn eigen manier te verwerken.

'Aan het werk!' riep Koning Arthur na een paar minuten.

Ivander schrok op uit zijn trance.

'Nou, kom op! Pak de Rubilacxe,' zei Koning Arthur tegen hem. 'We gaan in gevecht.'

'Wij?' vroeg Ivander. 'Waarom?' Onzeker keek hij naar Koning Arthur. Zij hadden toch geen problemen met elkaar?

'Jij bent met het slimme idee gekomen om mij te verwonden zodat we kunnen bewijzen dat ik onsterfelijk ben met de echte Excalibur en schede,' zei Koning Arthur. Hij trok zijn harnas uit.

'Ik kan u toch niet zomaar met een zwaard neersteken!' riep Ivander. Het idee opperen was iets heel anders dan het idee uitvoeren. Onzeker keek hij naar Sid Boddear.

'Je wilt toch ridder worden?' vroeg Koning Arthur.

'Ja, maar…'

'Dan moet je ook niet bang zijn om te vechten.'

Ruby ritste de gitaarhoes open en haalde de Rubilacxe eruit. 'Moet ik het doen?'

Dat zou Ivander toch niet gebeuren. Hij stapte meteen naar voren. 'Dat is niks voor meisjes,' zei hij.

'Tss…' siste Ruby.

'Jullie zijn goed in andere dingen,' zei Ivander snel. 'En het was mijn idee.' Hij pakte de Rubilacxe van haar aan. Het zwaard trilde in zijn hand.

'Positie één,' zei Koning Arthur. Hij zette zijn linkerbeen naar voren en bracht zijn rechterarm met het zwaard naar achter. Ivander deed hem na.

'En nu steken!' Koning Arthur prikte in slowmotion langs Ivander. 'Alleen moet jij mij wel raken. Mik maar op het midden.' Hij klopte op zijn borstkas.

Ivander slikte. Daar zat je hart toch in de buurt. Was dat wel slim? Straks werkte de schede helemaal niet meer en stak hij de legendarische Koning Arthur alsnog dood. Lekker zeg! Daar zou hij zeker de krant mee halen!

'Vertrouw maar op de grootste koning allertijden,' zei Rupert. 'Hij weet wat hij doet.'

Ook Sid Boddear knikte.

Ivander haalde diep adem. Het zwaard begon wel zwaar te worden in deze positie. Voorzichtig richtte hij de vlijmscherpe punt op het midden van Koning Arthurs borstkas. Toen stapte hij naar voren maar op het laatste moment duwde Ivander het zwaard opzij. De punt raakte de bovenarm van Koning Arthur. Een scheur verscheen in de mouw van zijn hemd en een diepe snee was even zichtbaar op de huid maar verdween ook weer snel. Geen druppel bloed.

'Wow,' riep Ruby.

Rupert sloeg zijn handen voor zijn mond. Sid Boddear glimlachte.

Koning Arthur grijnsde naar Ivander. 'Het zekere voor het onzekere,' zei hij. 'Je wordt niet alleen een goede maar ook een slimme ridder.'

Ivander gloeide bij het compliment.

'Nog een keer?' vroeg Koning Arthur.

Ivander stond alweer in de juiste positie. Nu hij met eigen ogen had gezien dat Koning Arthur inderdaad onsterfelijk was durfde hij wel. Koning Arthur stootte zijn zwaard naar voren. Ivander stapte opzij en prikte de Rubilacxe midden in Koning Arthurs borstkas. De punt verdween in zijn lichaam. Snel trok Ivander het zwaard terug. Koning Arthur klapte voorover en viel op de grond.

'Oh!' gilde Ruby. Ze sloeg haar handen voor haar mond.

Rupert en Sid Boddear sprongen overeind van de bank.

'Niks aan de hand,' riep Koning Arthur. Hij stak zijn hand omhoog en kreunde zacht. 'Ik moet alleen weer even wennen aan zo'n tik.' Ivander hielp hem snel overeind.

Sid Boddear raapte de zwaarden van de grond. De Excalibur en de schede borg hij samen op in de doos. De Rubilacxe gaf hij terug aan Ruby.

'Nu echt bewezen is dat u Koning Arthur bent, wenst hare majesteit de koningin jullie allen te spreken,' zei Sid. 'We ontmoeten haar op een geheime locatie.'

18
De koningin

Een half uur later werden ze door een butler ontvangen in een prachtige kamer van een landhuis. Nerveus liep Ivander rondjes. Nu ontmoette hij ook nog eens zomaar de koningin van Engeland. Wat een knotsgekke vakantie was dit.

Ruby stond met haar armen op haar rug naar een groot portret van een streng uitziende man te staren die aan de schouw van de open haard hing. Rupert en Koning Arthur waren net op de bloemetjesbank gaan zitten toen de stijve butler opnieuw binnenkwam.

'Hare majesteit de koningin,' riep hij hard alsof ze allemaal doof waren. Hij boog zijn hoofd.

Door de deur schreed de koningin de kamer binnen met achter haar Sid Boddear.

Rupert en Koning Arthur stonden op en bogen licht. Ook Ivander boog. Hij porde Ruby in haar rug toen ze rechtop met open mond naar de koningin staarde. Snel sloot ze hem en klapte voorover. Haar haar hing bijna op de grond.

'Waarom buigen we,' fluisterde ze ondersteboven.

'Dat hoort zo,' zei Ivander.

'Tsss…' siste Ruby. 'Belachelijk.' Ze kwamen weer overeind. 'Het is juist onbeleefd haar met de nek aan te kijken,' fluisterde ze.

Ivander giechelde binnensmonds.

De koningin gaf Koning Arthur en Rupert een hand. Daarna richtte ze zich tot Ruby en Ivander.

'Dus jullie zijn de twee slimme en moedige kinderen die ervoor gezorgd hebben dat een van de belangrijkste koningen uit de geschiedenis wedergekeerd is,' zei ze.

'Samen met Rupert,' zei Ivander meteen. 'Zonder hem was het ons nooit gelukt.'

'Er is zeker wel heel veel veranderd in de tijd dat u bent weggeweest,' vroeg de koningin. Ze keek Koning Arthur vragend aan.

'Nou en of,' antwoordde hij. 'Dat een vrouw het land kan besturen, had ik nooit kunnen bedenken.'

De koningin glimlachte. 'Ik heb begrepen dat u enkel bent teruggekeerd om uw goede vriend Merlijn te redden?'

'Inderdaad. De schede en de Excalibur zijn inmiddels herenigd waardoor zijn herstel kan beginnen. Ik keer zo snel mogelijk terug naar Avalon.'

'In eerste instantie had Merlijn ons gestuurd zodat Koning Arthur hier helemaal niet naartoe hoefde te komen,' legde Rupert uit. 'Maar het is ons helaas niet gelukt om de schede uit de zwaar beveiligde Tower of London te krijgen.'

De koningin knikte en knipoogde naar Ruby. 'Ik heb zoiets gehoord.'

Ruby boog haar hoofd terwijl haar wangen net zo rood kleurden als haar haar.

De koningin draaide zich naar koning Arthur. 'Nu u hier toch bent, wil ik u vragen om straks samen nog even van gedachten te wisselen over enkele belangrijke wereldzaken. U staat tenslotte bekend als een groot leider en strateeg die de mensen graag nader tot elkaar brengt. Misschien dat u ons nog wat interessante tips en nieuwe inzichten kunt verschaffen.'

'Het zou me een eer zijn,' antwoordde Koning Arthur.

'Goed. Dan is dat allemaal geregeld. Staat ons nu nog te bedenken wat we met de zwaarden en de schede aan moeten. Wat stellen jullie voor om te doen?' vroeg de koningin.

'U geeft Koning Arthur de schede terug,' zei Ruby. 'Hij is tenslotte de rechtmatige eigenaar en hij heeft de Excalibur.'

De koningin dacht even na. Daarna schudde ze haar hoofd. 'Ik heb begrepen dat die Morgan le Fay ook nog op Avalon is?'

Koning Arthur knikte.

'Ik vind haar te onbetrouwbaar en daarom heb ik liever niet dat de Excalibur en de schede bij haar in de buurt komen. Wie weet wat voor nare plannetjes ze straks weer bedenkt. En Merlijn is nu nog niet sterk genoeg om haar tegen te houden.'

Koning Arthur keek verrast op. 'Heel verstandig,' zei hij.

'Moeten de Excalibur en de schede absoluut mee naar Avalon om Merlijn beter te maken?' vroeg Rupert.

Koning Arthur schudde zijn hoofd. 'Zolang ze maar bij elkaar zijn.'

Het bleef een tijdje stil terwijl iedereen naar een oplossing zocht.

'Ik weet het!' riep Ivander ineens. Hij kreeg een kleur toen iedereen hem hoopvol aankeek.

'Wij brengen Koning Arthur terug naar Avalon,' zei hij. 'Daarna brengt Sid Boddear de schede met de Excalibur terug naar de Tower. Een beter beschermde plek is er niet en Merlijn heeft dan alle tijd om te genezen.'

'Goed idee!' Ruby stompte hem op zijn bovenarm. 'Maar wat doen we met de Rubilacxe?' Ze pakte de gitaarhoes erbij.

'Die kan terug naar de Vrouwe van het Meer,' zei Rupert. 'Met één zwaard kan ze toch geen schade aanrichten.'

'Of…' begon Ivander. Hij kreeg het ineens heel erg warm.

'Of wat?' vroeg Ruby.

'Nou…' Ivander slikte toen hij ze allemaal nieuwsgierig zag kijken. Oeps! Had hij nu zijn mond maar gehouden. Het was een superstom idee maar het wijsvingertje tikte ineens op zijn schouder. Zijn linkervoet stond op het punt om te gaan tapdansen met al die starende ogen.

'Wat bedoel je nou?' vroeg Ruby ongeduldig.

'Misschien moet die terug naar, nou ja ik bedoel, de Excalibur hebben we eigenlijk gestolen.'

'Ach, die vent wist niet eens dat hij hem had,' riep Ruby. 'Trouwens, het stikte van de zwaarden daar. Een meer of minder merkt hij toch niet. En hij heeft *ons* zwaard vernield.'

'Ho, ho, ho,' riep Sid Boddear. 'Over wie hebben we het hier?'

'Lord Waldon,' zei Rupert.

'Ah! De louche antiekhandelaar.' Sid Boddear glimlachte. 'Maak je daar maar geen zorgen over. Die wordt al een tijdje in de gaten gehouden. Hij raakt een groot deel van zijn verzameling binnenkort toch kwijt omdat de meeste voorwerpen eigenlijk aan de staat toebehoren. En daar zouden de Excalibur en de Rubilacxe ook onder vallen.'

'Goed, dat is geregeld,' zei de koningin. 'De Rubilacxe gaat terug naar de Vrouwe van het Meer. Dan is er nog een laatste puntje.'

Ze bleef even stil. 'Kan ik erop vertrouwen dat deze gebeurtenis binnen deze kamer blijft?' vroeg ze uiteindelijk. 'Het zou namelijk erg veel onrust veroorzaken als blijkt dat eeuwenoude legendes werkelijkheid zijn geworden.'

'Mogen we er met niemand over praten?' vroeg Ruby.

De koningin schudde haar hoofd. 'De heer Boddear en ik zullen dit hele gebeuren te allen tijde ontkennen als jullie er ook maar iets over naar buiten brengen. Begrijpen jullie dat?'

Het klonk zo streng dat ze niets anders konden dan tegelijkertijd knikken.

'Maar onze vaders dan?' vroeg Ruby. 'Wat moeten we vertellen als ze ons op televisie hebben gezien?'

'Dat regelt Sid Boddear wel,' zei ze.

'Maar het zou mijn vaders hotel enorm veel publiciteit opleveren. Hij zou meteen uit de zorgen zijn,' smeekte Ruby.

De koningin was onvermurwbaar. 'Het staatsbelang gaat voor.'

Ruby boog haar hoofd.

'Ahum,' kuchte Koning Arthur. 'Hoort er bij een heldendaad geen beloning?' vroeg hij. 'Ik vind namelijk dat deze drie mensen het buitengewoon goed gedaan hebben.'

De koningin knikte hem vriendelijk toe. 'Daar hebt u helemaal gelijk in,' zei ze. 'Weet u wat, zij denken daar over na terwijl wij ons even terugtrekken om enkele wereldzaken te bespreken.'

'En?' vroeg de koningin een uur later.

Ivander beet op zijn lip. Zou hij kunnen vragen wat hij zo graag wilde?

'Volgens mij weet Ivander al iets,' zei de koningin.

Ivander schrok zich rot. Hoe wist zij dat nu? En kon hij er wel om vragen?

'Zeg het maar,' zei de koningin. 'Je weet toch iets?'

Hij knikte onzeker.

'Ik eh… ik eh… ik zou graag tot ridder geslagen willen worden,' zei hij zacht. Op het moment dat hij het vroeg wist hij dat het een stom idee was. Normaal duurde zo'n opleiding vele jaren. En hij vroeg of ze hem na drie dagen al tot ridder wilden slaan. Natuurlijk zouden ze dat niet doen. Als ridder moest je je echt bewijzen en wat had hij nu gedaan?

'Kunt u dat regelen?' vroeg de koningin aan Koning Arthur.

'Het genoegen is geheel aan mij,' antwoordde hij. 'Zou ik dan het wapenschild met de rode draak dat u in de hal heeft hangen aan deze toekomstige ridder mogen overhandigen?'

Ivander dacht hij flauw zou vallen. Hij werd geridderd! En dan ook nog eens door Koning Arthur.

De koningin belde de butler en gaf hem de opdracht het wapenschild te brengen.

Toen de butler weer verdwenen was, vroeg Koning Arthur Ivander op een been te knielen. Ivander boog zijn hoofd zenuwachtig naar de vloer. Maar op het moment dat Koning Arthur de Excalibur op de schouder van Ivander liet rusten gleed er iets rustgevends zijn lichaam binnen. De onbedwingbare neiging om te gaan hummen of met zijn voet te klapperen was verdwenen. De koningin, Sid Boddear, Rupert en Ruby kwamen allemaal om hem heen staan.

'Beloof me dat je, zolang je leeft, loyaal aan de koningin en haar land zult zijn, dat je mensen die het minder goed hebben dan jijzelf beschermt en dat je kwaad en ongerechtigheid zult bestrijden,' zei Koning Arthur.

'Ik beloof het.' Ivander keek Koning Arthur ernstig aan toen hij dat zei.

'Dan sla ik je hierbij tot ridder van mijn orde.' Drie keer tikte Koning Arthur met de Excalibur op Ivanders schouder. Daarna hielp hij hem overeind en gaf hem het schildje met de rode draak. 'Dit is ons embleem. Zolang deze in je bezit is, kun je opgeroepen worden om mijn leger te versterken als mijn tijd echt gekomen is om terug te keren.'

Ivander knikte en kneep hard in het schildje. De rand sneed pijnlijk in zijn vingers. Het was geen droom! Dolgelukkig nam hij de felicitaties van de anderen in ontvangst.

'En Ruby, waar kunnen we jou blij mee maken,' vroeg de koningin.

'Ik had gehoopt dat dit avontuur ons meer bezoekers in het hotel zou opleveren,' zei Ruby. 'Maar ja, dat zit er niet in met die geheimhouding. En verder weet ik niets.'

De koningin dacht even na.

'Wat vind je ervan als ik een paar dagen en nachten in jullie in hotel verblijf,' vroeg ze. 'Zou dat ook voldoende publiciteit opleveren?'

'Echt waar!' riep Ruby. 'Zou u dat willen doen?'

'Sid Boddear kan er wel voor zorgen dat er televisiestations en journalisten op de hoogte van mijn verblijf zullen komen.'

'Oh, dat zou geweldig zijn!' riep Ruby. Ze vloog de koningin om haar nek en gaf een dikke kus op haar wang.

'Goed, dat is dan ook geregeld,' zei de koningin glimlachend. 'En meneer Rupert, wat kan ik u aanbieden?'

Rupert schudde zijn hoofd. 'Niets. Ik heb alles al gekregen wat ik wilde,' antwoordde hij. 'Een ontmoeting met de allergrootste koning allertijden. En daarna nog een ontmoeting met een heel bijzondere koningin. Meer kan ik mij op mijn oude dag niet wensen.'

19
Terug naar huis

Zwijgend liepen Rupert, Ivander en Ruby achter elkaar terug naar de parkeerplaats van het Glastonbury moeras. Anderhalf uur geleden waren ze er door Sid Boddear afgezet. De koningin had zoveel vertrouwen in hen dat ze met hun drieën Koning Arthur terug naar Avalon mochten brengen. En nu was het net of er nooit iets was gebeurd. Koning Arthur was weer geschiedenis.

Ivander zuchtte. Het leek wel of met het vertrek van Koning Arthur ook alle fut uit zijn lichaam was verdwenen. De zon was heet en brandde gemeen. Hij was moe en slofte achter Rupert aan die behoorlijk met zijn been liep te trekken.

Ivander keek om naar Ruby. Ze liep een stuk achter hen en duwde net de gitaarhoes met de twee zwaarden erin hoger op haar schouder. Zodra Koning Arthur naar Avalon terug was gegaan, hadden de zwaarden hun glans verloren. Hij had hen wel verzekerd dat de Excalibur zou glimmen zodra hij terug in de schede zat.

Ivander keek naar de gekromde rug van Rupert. Nog een klein stukje en dan wachtte Sid Boddear hen op de parkeerplaats op met de heerlijke luxe auto. Maar er was nog iets anders waarom hij snel bij de auto wilde zijn. Er was geen donker wolkje aan de lucht, of mistbank in de buurt. Toch begon zich onder in zijn buik een steeds grotere knoop te vormen. Want waar waren de fluitende vogels gebleven? Waar het ruisende riet?

Voor hem leek Rupert nergens last van te hebben. Die slofte op zijn eigen manier door hoewel bij elke stap zijn rug krommer leek te staan. En Ruby? Zou zij iets merken? Hij keek om. Een leeg pad staarde hem aan. Ruby?

Hij draaide zich om. Was ze bij de bocht achtergebleven? Waren de zwaarden te zwaar geworden? Zijn voeten gingen als vanzelf steeds sneller. Hoe lang geleden had hij haar eigenlijk voor het laatst gezien? Nog sneller liep hij. Stel dat ze gevallen was. Waarom had ze niks gezegd? Niet geroepen? Hij had haar eerder moeten helpen. Wat was hij nou voor ridder! Nog geen dag in dienst en nu faalde hij al! Hij opende zijn mond om haar te roepen maar voor er geluid uit kon komen, sloot een grote sterke hand zich eromheen. Ruw trok iemand hem achteruit tegen zich aan. Hij probeerde te gillen, te schoppen, te slaan maar de andere partij was veel groter en veel sterker. Weerloos werd hij de rietkraag in gesleurd. De drassige grond sopte om zijn enkels. Zijn sokken en schoenen waren binnen de kortste keren doorweekt. Een stevig stuk tape werd over zijn mond heen geplakt en zijn handen werden op zijn rug met touw vastgebonden. Daarna werd hij omgedraaid. Tegenover hem stond Ruby. Ook haar mond was afgeplakt en haar handen bijeengebonden. Haar ogen vlamden net als haar rode haar. Woest keek ze hun belager aan. Ivander kon het niet geloven.

Lord Waldon grijnsde. 'Ik wist meteen waar ik jullie vandaag kon vinden nadat ik de televisiebeelden had gezien,' zei hij.

Wanhopig probeerde Ivander zijn handen uit het strakke touw te wringen maar het enige wat gebeurde was dat het dieper in zijn polsen sneed. Hij schold en gromde heel het lelijke-woorden-woordenboek achter de stugge laag tape bij elkaar. Het enige wat hoorbaar was, waren een paar ondefinieerbare oerklanken. Hoe had Lord Waldon langs Sid Boddear kunnen komen? Die stond toch op de parkeerplaats te wachten.

'Ach, dom van me.' Lord Waldon sloeg zijn handen tegen elkaar. 'Jullie kunnen natuurlijk niet praten met je mond dicht getaped.' Hij glimlachte.

'Wat jammer want dan kun je ook niet om hulp roepen. Hij boog zich voorover met zijn gezicht vlak voor Ivanders gezicht. 'Tututut,' klakte hij met zijn tong tegen zijn gehemelte. 'Wat moet die arme Rupert denken als hij helemaal alleen op het parkeerterrein aankomt,' zei hij zacht. 'Hoe moet hij uitleggen dat er twee kinderen onder zijn hoede in het moeras zijn achtergebleven en verdwenen.' Zijn stem werd nog zachter. 'Want kinderen verdwijnen gemakkelijk in een moeras. Dat weten jullie toch?'

Ruby draaide zich een kwartslag en gaf Lord Waldon een ongelofelijke harde schop tegen zijn linkerscheenbeen.

'Rooie rotmeid!' brulde Lord Waldon. Hij kwam overeind, greep haar lange haar en trok haar achterover. Hij scheurde de tape van haar mond.

'Zeg op. Was het waar wat ik op de televisie zag? Was die man in het harnas werkelijk Koning Arthur?'

Ruby kneep haar lippen stijf op elkaar. Haar ogen spuugden vuur. Ivander voelde zijn hart als een op hol geslagen hamer tekeergaan toen hij Lord Waldon met een bezeten blik over Ruby heen zag buigen en haar nog verder achterover trok. Ruby sloot haar ogen en knikte. *Ja*, vormde haar mond.

Lord Waldon grijnsde tevreden. 'Dat dacht ik al. Waar is hij nu?'
'Terug naar Avalon.' Ruby's stem was niet meer dan een fluistering.
'Hoe kom je daar?'
Haar ogen flitsten naar de gitaarhoes.
'De zwaarden. Het is jullie gelukt om hem weer te repareren,' constateerde Lord Waldon. 'Hoe werken ze. Vertel op!'
Hij duwde Ruby weg waardoor ze op haar knieën in het moeras viel en hij greep de gitaarhoes. Hij ritste hem open en trok de twee verroeste zwaarden uit het stro.
'Wel, wel, wel,' zei hij. 'Lijken deze zwaarden niet op een zwaard dat bij mij uit de kelder is verdwenen?' Hij legde de zwaarden neer en trok Ruby overeind.
Ivanders knieën trilden van spanning en frustratie. Hij moest Ruby helpen! Waarom kreeg hij zijn handen nu niet uit dat touw! Het schuurde en brandde als vuur in zijn polsen en gaf geen millimeter mee. In Ruby's ogen verscheen een blik alsof ze haar bewustzijn ging verliezen. Hij moest wat doen! Maar wat?
'Hoe werken de zwaarden,' snauwde Lord Waldon opnieuw. Toen hij zag dat Ruby op het punt stond om flauw te vallen liep hij naar Ivander.
Hij trok de tape met een ruk van zijn mond en knelde een arm om zijn keel. Ruby gilde.
'Houd je kop, trut,' riep Lord Waldon. 'Of je vriendje gaat eraan.'
Ruby stopte meteen met gillen. Ivander voelde hoe zijn luchtweg werd afgesloten. Rondom zijn mond voelde het alsof er schuurpapier langs was gestreken.
'Zeg op!' Lord Waldon drukte Ivanders keel nog wat verder dicht.
Ivander perste zijn lippen op elkaar. Hij vertelde helemaal niets. Lord Waldon kon doodvallen.
'Zeg het, Ivander,' schreeuwde Ruby. 'Die vent is gek!'
Ivander beet op zijn lip maar zei niets.
'Hij vermoordt je nog,' smeekte Ruby.
Ivander slikte maar hield de lippen stijf op elkaar. Hij had Koning

Arthur trouw gezworen. En ook de koningin van Engeland. Hij was een ridder. En ridders verraadden hun vrienden en hun geheimen niet.

'De zwaarden moeten gekruist worden,' gilde Ruby.

Ivander sloot zijn ogen.

'Dan verschijnt de Poort naar Avalon.'

Lord Waldon liet Ivanders keel los. Opnieuw werden hun monden afgeplakt en werden ze dieper het riet in gesleurd.

Ivanders voeten zakten steeds verder weg in de blubberige massa. Toen kregen ze een laatste duw en vielen beiden voorover op hun knieën. Ivander probeerde uit de blubber overeind te komen maar hoe harder hij probeerde hoe dieper hij wegzakte. Naast hem vocht Ruby er ook voor om op te staan. Het lukte niet. Als het zo doorging slurpte het moeras hen binnen de kortste keren helemaal op. Niemand zou hen ooit nog vinden.

Ivander keek om. Lord Waldon pakte de zwaarden op en liep naar het pad terug. Niet te geloven! Hij keek niet eens meer naar hen. Alsof ze nu al niet meer bestonden.

'Hmhmhm…' humde Ivander zo hard mogelijk achter de tape. Waar bleef Rupert toch?

'Hmmmm! Hmmm!'

Die moest toch allang gemerkt hebben dat ze waren achtergebleven? 'Hmmmm! Hmmmm! Hmmmm!'

De stinkende blubber uit het moeras kroop langzaam omhoog. Hoe lang hielden ze dit nog vol? 'Hmmm!'

Op het pad hield Lord Waldon beide zwaarden in de lucht. Halverwege kruisten de klingen elkaar. Een windvlaag streek langs de oever. Riet ruiste en de pluimen bogen.

Aan de horizon pakten donkergrijze, inmiddels bijna zwarte wolken zich samen.

Blubber spetterde rond toen Ruby naast Ivander opnieuw tevergeefs overeind probeerde te komen. Modder droop uit haar haren en haar gezicht zat onder de spetters.

'Hmmmmmm!'

De wind wakkerde aan en de gitzwarte lucht kwam met een steeds grotere snelheid op hen af. De zon was helemaal verdwenen. Water beukte op de oever en sloeg over het pad.

'Hmmm…'

De blubber trok steeds harder en sterker om zijn middel.

Langzaam werd hij naar beneden gezogen.

'Hmm!'

Het was voorbij. Uit de zwarte lucht schoot de helle bliksemschicht recht op het midden van de kruisende zwaarden af.

Ruby sloot haar ogen. Hij deed hetzelfde. Een enorme donder volgde en regen stortte uit de lucht. Precies op dat moment voelde Ivander een paar sterke armen om zich heen. Armen die hem voorzichtig maar krachtig uit het moeras trokken. Verward draaide hij zich om en keek in het bezorgde gezicht van Sid Boddear. Geronnen bloed zat rond een gat in zijn hoofd en op zijn gezicht zaten sporen van opgedroogd bloed.

Ivander kon wel gillen en krijsen. Van blijdschap. Van opluchting. Van… van alles eigenlijk. Toen ze op hardere ondergrond stonden gaf Sid hem over aan Rupert. Die maakte het touw bij Ivanders polsen los en haalde de tape van zijn mond.

'Blij je weer te zien jongen,' zei Rupert.

Kort daarop kwam Sid terug met Ruby. Toen ook zij vrij was boog Sid zich voorover en fluisterde wat in hun oor.

Met z'n vieren kropen ze door het riet terug naar het pad. Ivander keek achterom naar Ruby. Hij stak vragend zijn duim op. Ondanks dat haar gezicht nog erg wit was glimlachte ze flauw en knikte. Haar mond kreeg echter een vastberaden trek toen ze Lord Waldon zag. Ivander keek naar het tafereel voor zich op het pad. De regen vermengde zich juist met het laatste restje roest. Twee stalen zwaarden glommen in de lucht. De rode steen in de Excalibur schitterde en een blauwe glans zweefde om de kling.

Lord Waldon begon hysterisch te lachen.

'Ik heb ze gevonden! De Excalibur en de Rubilacxe. Ik ga de geschiedenis herschrijven. Ik word beroemd en schathemeltje rijk!' Hij keek onder de gekruiste zwaarden door en weer terug.

Ivander voelde een tikje op zijn schouder.

'Klaar?' vroeg Sid zacht. Ivander, Ruby en Rupert knikten. Tegelijkertijd sprongen ze uit het riet. Ivander greep de Excalibur vast en Ruby de Rubilacxe.

'Wat... hoe kan... wat doen jullie?' riep Lord Waldon. Paniek spiegelde in zijn ogen.

Rupert greep de linkerhand van Lord Waldon en Sid Boddear de rechterhand. Langzaam trokken ze een voor een zijn vingers los.

Ivander en Ruby spanden zich tot het uiterste in om de klingen niet van elkaar los te laten raken. Maar het was moeilijk. Lord Waldon leek niet van plan zich zomaar over te geven en probeerde de Excalibur los te trekken van de Rubilacxe.

Ivander dacht terug aan het moment dat Lord Waldon hen had achtergelaten in het moeras om ze te laten verdwijnen. Hij voelde zich weer woest worden en met de woestheid kwam ook de kracht terug in zijn lijf. Stevig duwde hij de kling tegen het zwaard van Ruby.

'Volhouden, Ruby,' riep hij.

'Help!' riep Lord Waldon.

'Wij helpen je,' antwoordde Sid Boddear. Samen met Rupert trok hij Lord Waldon naar zich toe en draaide zijn armen op zijn rug.

'Weerloze kinderen in het moeras laten verdwijnen,' snauwde Rupert.

'Vanachter op mijn hoofd slaan met een krik,' zei Sid Boddear. 'Lafaard.' Hij duwde Lord Waldons hoofd naar de andere wereld. 'Je wilde daar kijken?' zei hij. 'Ga gerust je gang.'

'De zwaarden,' riep Lord Waldon. 'Ik moet de zwaarden mee. Anders kan ik niet meer terug!'

'En dat is nu precies wat ik wil,' riep Sid. Toen gaf hij hem een enorme duw en verdween ook Lord Waldon in de andere wereld.

Onderuitgezakt zaten Ivander en Ruby op de achterbank van de auto van Sid Boddear. Het duizelde Ivander nog allemaal. Zijn wijsvinger pulkte aan de modder op zijn broek. Een tastbare herinnering aan zijn avontuur. Wat was er veel gebeurd de afgelopen dagen. Een ontmoeting met Merlijn en Koning Arthur op Avalon. Hij had de Excalibur vastgehouden en hij was geridderd door Koning Arthur. Ook al zou hij het thuis aan mensen vertellen, niemand zou hem geloven. Dus dat had geen enkele zin. Terug in Nederland was het iets van hem en voor hem alleen. Maar wie weet kwam er ooit nog een tijd dat Koning Arthur hem nodig had. Dan zou hij iedereen laten zien dat hij de titel ridder meer dan waard was. Tevreden keek hij uit het geblindeerde raam. Sid Boddear draaide een bocht om en hotel Camelot doemde voor hen op.

Even later liepen ze met zijn allen de hal in. Op hetzelfde moment kwam Ivanders vader van de trap.

'Is er wat gebeurd?' riep hij toen hij Sid Boddear ontdekte. 'Hebben ze weer iets gedaan wat niet mocht?' Geschrokken kwam hij naar hen toelopen.

'Nee, niets aan de hand. Maar ik wil u wel graag even spreken samen met de hotelcigenaar,' zei Sid Boddear rustig.

Zenuwachtig wachtten Ruby en Ivander op de barkruk aan de bar van het hotel. Ook Rupert leek nerveus. Hij roerde al vijf minuten met zijn lepeltje in een leeg koffiekopje en keek af en toe naar de gesloten deur achter de bar.

Daar was Sid al een kwartier met hun vaders in gesprek. Wat duurde zo'n kwartier lang. Het leek wel een uur!

Ivander dacht aan Lord Waldon. Die liep nu rond op Avalon. Zou hij Koning Arthur al hebben ontmoet? Of Merlijn? Wat zouden ze eigenlijk met hem doen?

Ze hielden alle drie de adem in toen de deur openging.

Sid kwam als eerste naar buiten en knipoogde.

'Fantastisch dat je zo'n goede reclame voor mijn hotel hebt weten te regelen!' riep Ruby's vader. Hij was helemaal door het dolle. 'De koningin die hier komt logeren.' Hij pakte Ruby op en danste een rondje met haar. 'Wat een publiciteit! We zijn uit de zorgen. En dat allemaal dankzij mijn geweldige dochter en haar vrienden.' Hij zette Ruby neer, schudde Rupert de hand en streek Ivander over zijn hoofd. 'We gaan barbequen,' riep hij daarna. 'Dit moet gevierd worden. Ik ga meteen alles regelen!'

Hij verdween de keuken in. In de verte hoorden ze hem het personeel opdrachten geven.

Ivanders vader glimlachte. 'Wat een bijzondere week,' zei hij. Trots keek hij Ivander aan. 'Vol vreemde gebeurtenissen.'

Ivander durfde niets te zeggen. Hij had geen idee wat Sid Boddear allemaal verteld had en waar zijn vader op doelde.

'Weten jullie nog dat ik gisteren het verhaal vertelde over de zwarte raven bij de Tower of London,' ging Ivanders vader verder.

Ruby en Ivander knikten tegelijk. Ivander had een vaag vermoeden waar dit heen ging. Hij keek Ruby vanuit zijn ooghoeken aan. Die haalde bijna onzichtbaar haar schouders op.

'Nou, vandaag is er iets heel vreemds gebeurd,' vertelde zijn vader vol vuur. 'Het was zelfs op het journaal want voor een aantal uur zijn de raven allemaal weggeweest. Is het niet toevallig? Gisteren heb ik jullie het verhaal verteld en vandaag waren ze voor het eerst een tijdje verdwenen. Maar geen zorgen, hoor. De koningin van Engeland is haar koninkrijk niet kwijtgeraakt. Die zit nog steeds stevig op haar troon.'

Hij glimlachte. 'Zo blijkt het maar weer. Legendes zijn uiteindelijk toch allemaal verzonnen verhalen.'

Ivander en Ruby keken elkaar grijnzend aan.

'Het is maar net waar je in gelooft,' zeiden ze tegelijk.

Toby is pas verhuisd naar een klein dorp en hij mist zijn vriendin Kat enorm. Maar dan brengt de postbode een brief, die al meer dan veertig jaar geleden is geschreven... door een dief! In de brief wordt gesproken over een geheime code en een verborgen schat. Toby roept Kats hulp in en samen gaan ze op onderzoek. Al snel bijkt dat zij niet de enigen zijn die van de schat afweten en dat ze door iemand achtervolgd worden. Het dreigt allemaal mis te lopen, totdat Toby een schokkende ontdekking doet.

Nick spaart alles over piraten. Als hij op een dag een prachtig piratenschip in een etalage ziet staan, hoeft hij geen seconde na te denken: dat moet hij hebben! Maar als hij in de winkel is, blijkt het schip tot zijn grote teleurstelling helemaal niet te koop. In plaats daarvan vraagt de verkoopster of hij even een paar oude afgetrapte schoenen wil passen... Verbaasd stemt hij toe. Maar voor hij het in de gaten heeft, belandt hij in een levensgevaarlijke reis. Is er een weg terug?

Omslag en tekeningen: Harmen van Straaten
Typografie omslag: Ingrid Joustra, Haarlem

© Uitgeversmaatschappij Holland - Haarlem, 2008

ISBN 978 90 251 1075 8
NUR 282